ZUI
Zestful Unique Ideal

最世文化
Shanghai ZUI co.,Ltd

10th anniversary

《最小说》
创刊十周年
☆书系☆

最爱你的人，是我

郭敬明 主编

CNS PUBLISHING & MEDIA
湖南文艺出版社
HUNAN LITERATURE AND ART PUBLISHING HOUSE
博集天卷
CS-BOOKY

时间最终会和你和解，你的所有偏执、邪念、不甘，你的嬉笑怒骂怨，你的爱恨嗔痴狂，终会被它软软地握在手里。

它柔声地对你说：“你看，其实根本不用害怕的啊。”

郭敬明

只要还有一点前进的力量，也要用在和你之间，
不至于被愈加扩大的距离上。

落落

灰蒙蒙的天空下面，海鸟的叫声又凄清，又明亮。
虽然我已经脱胎换骨了好几回，我却依然喜欢着那些
既温暖又荒凉的东西。

笛安

现在我觉得，认识的人越多，他们离开的时候，你对每个人付出的悲伤越少。因为人一生的感情，是有配额的。

陈奕潞

序

一千零一页

文 / 郭敬明

在眨眼的瞬间，时间就能摆动出浩瀚的涟漪，而十年，只是裙摆上浅浅的一道褶皱，褶皱里承载着，一代人单薄而又孤单的青春光景。

《最小说》创刊十年了。

那时候的年轻人，比现在寂寞多了。没有纷纷扰扰的社交软件，没有放不下的智能手机。只有压得喘不过气来的模拟考卷和厚厚的参考习题。而那时，每个月薄薄的一本杂志，就成了很多年轻人灰色天空里的一抹亮色。

我和当初共同创立杂志的伙伴们，从二十出头的年轻人成长到了如今的而立之年。这意味着，当初最早的一批读者，也从十几岁的少年，离开学校进入社会，开始品尝人生百味。很多人开始谈恋爱、结婚、生子，也有人依然孤单地生活着。无数人在时间的浪潮中起伏跌宕，无数人的“十年”装订成一本厚厚的年鉴。

那时候的我们，每个月都为选择什么样的故事，用什么封面，有什么有趣的选题而绞尽脑汁。年少的心气在成长里渐渐泯灭，回首沿路十年的心境和路径，我们欢欣鼓舞，我们饱含热泪。

我们留下了浩如烟海的文字。

随着年龄增长，我越发感受到文字的力量。时间在流逝，记忆会模糊，人们相聚又分离，谁也无法确切知道未来会是怎样的光景。只有文字确实地留存着，白纸黑字，忠实地记录着此时的我们已经无从确认的属于遥远时光的情绪和思考。

而再次阅读这些文字的我们，仿佛拥有了某种保存时间的能力。

从2006年至2016年，最世文化走过十年岁月，签约上百位作家，出版上千本图书，在《最小说》发表的文章难以计数，它们当中的许多篇章，都在曾经的岁月里，打动着每个月几十万个读者。我们选择在十周年纪念之期，推出十周年文集，收录历年部分《最小说》千元大赏、大奖、金赏和ZUI作家作品，以及签约作家的代表作、优秀作品，集成五本，作为《最小说》十年来的精华，供读者们收藏回顾。

这将是一次前往旧时的闪亮旅程，跟随那些灵光乍现的文字，我们将看到已经一去不再回来的青春岁月。离我们已经很远的考试、同桌、宿舍、初恋、孤单……所有时间的碎痕，给养起我们的生命。

我想，在无所不容的时间面前，我们的感情同样有着相似的力量，人与人之间撞击出的能量，汇聚成文字，一个个不起眼的小字，连接组合到一起，便拥有了凝固时间的魔法。时间、文字与情感，这三者的集合，便是浩瀚所能代表的一切无尽。

感谢你，陪我们度过的一千零一页。

目录

CONTENTS

最爱你的人，是我

最爱你的人，是我

郭敬明

郭敬明

中国畅销小说家，导演，编剧。

上海最世文化发展有限公司董事长，《最小说》杂志主编，《文艺风象》《文艺风赏》杂志出品人，“80 后”作家群的代表人物，青春文学市场领军人物。

已出版作品：《幻城》《夏至未至》《悲伤逆流成河》《小时代》系列、《爵迹：雾雪零尘》《爵迹：永生之海》

导演作品：《小时代 1》《小时代 2：青木时代》《小时代 3：刺金时代》《小时代 4：灵魂尽头》《爵迹》

“当颁奖人口中念出‘落落’两个音节的时候，全场灯光大亮，掌声、尖叫声、音乐声仿佛一座沸腾起来的音海，她从座位上起身，在追光灯里走上舞台——在那一刻，我的情绪从前一秒的高兴、骄傲、振奋，突然跳转为一种复杂的情绪，仿佛身体里有个类似挡位的开关被拨向了另外一边，眼眶好像被人揍了一拳般迅速酸胀起来。她穿着美丽的礼服长裙，接过奖杯，开口第一句话是：‘对不起，我实在太激动了。’”

一

五年前的落落，可不是这个样子。

那个时候的她，脸上还有明显的婴儿肥，没有习惯穿高跟鞋，所以看起来远没有今天这么气场惊人。那时的她，更多地保留着少女的敏感、纤细，大大咧咧的同时内心极其敏锐也容易伤感。

前几天因为需要制作一个关于自己当年第一次投稿时的照片的选题，我和她在网上聊天，她发给我看她之前的一张照片，她说：“你看看我那个时候，丑不丑？”我按照我们两个固有的聊天风格，理所当然地打击她：“快拉倒吧，那个时候的你多青春洋溢啊，比你现在紧绷多了。”接着，她说：“是吗？是吗？可你还记得这张照片吗，是你帮我拍的哎。你不记得了？这是我们俩一起签售的前一天晚上啊，那可是我人生的第一场签售。”

我愣住了。

二

照片上的她坐在地板上，从酒店床的后面露出脖子和头，手小心地撑着下巴，手肘在床单上压出了一片褶皱。

酒店是很简单的标准间，也就是比较好的招待所的级别吧。看得出那个时候我们出去做签售时，待遇并不是很好。到达北京的时候已经是晚上了，我把行李放好后，就去落落房间找她聊天。我问她，紧张吗？

她就坐在地上，手肘撑着床沿，头顶的黄色灯泡把她的脸照得圆嘟嘟的。那个时候的我们，好像都不太需要也不太懂得考虑是否上镜的问题，我们并不担心自己太胖或者脸上发了几颗痘痘。她看起来有点担心，又有一点掺杂着期待的紧张，她问我说，小四，你觉得明天会有读者来买我的书吗？我说，会的会的，当然了呀。你怕啥。

她呵呵地笑起来，远没有今天那么妩媚动人，她那时看起来还有点傻，她说：“你帮我拍张照吧。”

我当时是用的手机还是相机，我忘记了。但肯定不是什么厉害的摄影器材。

——几年后，她独自背着好几万的大相机，自己在日本的荒野或者闹市里，架起三脚架，异国人从她的身边来来往往，她镇定自若地从取景器里捕捉着这个世界。她脸上带着一种迷人的漠然和冷静。

三

我们这些人，这几年真的变得厉害。

并不是文学修辞上的形容，而是扎实的，从肉眼和心境上，都能觉察出的改变。

安东尼前几天回墨尔本去了。走的前一天，我们在一起喝酒唱歌。大家聚在一起，喝多了，开始说胡话，瞎打闹，随便谁说什么就一屋子笑声。

我坐在陌一飞的旁边，笑得东倒西歪的，我们手上拿着的酒杯被我们晃来晃去的，酒不时洒出来溅到我们衣服上，这时，陌一飞突然把杯子递给我："四爷，你帮我拿一下，我热死了。我把头发扎起来。"我接过酒杯，看着她利落地把头发绾起来，她一边绾，一边笑嘻嘻地说："哎哟，我这把头发啊，年轻的时候可是浓密结实，一握一大把，现在掉了不少，每个月赶稿的时候都觉得头皮那个紧哟。"

类似这样的话，在这之前我听过很多。

"每当赶稿的那几天，我都不太想照镜子。镜子里那个黄脸婆是谁啊，看得我来气。特别是我眼角那个斑，你看到没，你凑近一点，我现在遮着粉底，看不太清楚，但那几块斑真的太讨厌了。我每次看到就想把镜子敲碎。以前？以前没有，就这两年出现的，可能熬夜太多吧。"

——这是笛安说的。

"因为我的 QQ 都是整夜挂着的，怕别人给我工作留言会找不到人。有时候睡前会忘记把声音关掉，于是就会在半夜听见 QQ 上有人留言的声音。虽然我知道第二天早上起来也会看见，但总是怕有什么急事需要处理，于是忍不住起来看看。这样的次数多了，那段时间脸色看起来，就会很不好。我觉得我的神经衰弱，就是从这个时候开始的。"

——这是痕痕说的。

“以前喝醉了，或者通宵加班，第二天睡一天就好了。现在的话，起码连续好几天，都感觉身体不舒服。老了？大概是的哦。”

——这是胡小西说的。

“不太敢再穿那些年轻潮流的衣服了，我现在打扮啊，都尽量得职业化一点。来得及的话还是尽量化个妆吧，这样谈生意的时候，比较有底气。”

——这是落落说的。

“你变了。你不再是以前我们喜欢的那个单纯的你了。”

——这是读者们说的。隔几天，就能在网上看见一次。

四

有很多情绪和心境，就像是放射性元素的半衰期一样。科学家们只能测算出某种元素衰变掉一半所需要的时间，然而他们永远测算不出某颗原子核什么时候会衰变，它是随机的、无法捕捉的、无法固定的。

——是的，经过了这么多年，我们成为了现在的样子。

但是，没有人知道，究竟是这些年里的哪一刻，让我们曾经的心境，一去不再回来。是那一年的那场暴雨吗，还是那一年我们俩呆呆地坐在一个商场的地下负一层，对着面前不超过20个的读者，举办的一场签售会？

又或者是，世界上某一片树叶，缓慢地砸痛大地的那个瞬间？

五

我在28岁的时候，留下了自己的第一份遗嘱。

六

阿亮手腕上那个囊肿，大概两年前就有了。她一直懒得去医院。我每一次看到她肿大起来的手腕，就会念叨她一次。念叨久了，她有点受不了："好了好了，我去我去。"

然而去医院后，检查结果远比她想象的要严重。医生要她马上开刀，并且要拿取出的肿瘤体去化验，如果是良性的，就没事，如果是恶性的，那就是癌。

“我躺在病床上的时候，医生对我说，马上就麻醉了，你的手臂可能会有触电的感觉哦。我还没有反应过来时，整条手臂就剧烈地抽搐起来，仿佛摸到了电线一样又痛又恐惧。当时我眼泪都出来了，感觉像一条被抛在手术台上的鱼。你别笑，那个时候，我真的害怕极了。”

手术后休息了一天，她就来上班了。她的手裹着厚厚的纱布。我前一天晚上通宵修改一份计划书到天亮，睡下去中午才起来，起床后，我把计划书发给她，这个时候我并不知道她去动了手术，直到我猛地看到她的签名档：“右手包扎，无法打字。仅能左手打字，所以回复速度稍慢，勿急。”

我看着她的签名档，静静地对着屏幕没有说话。直到显示她已经接收完了我的文件，又过了很久，那边传来她打字的内容：“你什么时候来上班啊，《最小说》选题会还没开，你过来了，我们速速解决掉。还有，我的书封面出了印刷事故。我现在正在解决。”

——是啊，她变了。她变得没有以前那么爱哭了。她以前是我们所有人宠爱的小公主，大家都宠她，她很爱哭，也很脆弱，很爱依赖人。但现在不是了。

七

我 28 岁的生日，是在南海海面的游艇甲板上度过的。

我们一群人喝掉了十几瓶红酒，笑啊，闹啊，把雪碧拧开了泡沫洒了一屋子。

就在那某一个时刻，身体里的开关再次调向了另外一个挡位。痕痕双眼通红，硕大的两颗眼泪滚过脸颊，她嘴角用力地向下撇着，她没有看旁边的落落，而是把目光空空地投向前方漆黑的海面，她说："落落啊，那个时候我觉得你心真狠啊，我不止一次觉得你冷血得没有一丝良心。你可以把我大冬天地关在门外面，让我在走道里坐一个下午。你也可以让我在马路边上，守着每一条通往你家的马路，企图找到你，让你交稿子。"

落落在旁边低着头，她说："我也恨死那段时间的自己了。"

我帮着痕痕，想要安慰她："是啊，那个时候你太坏了。"

痕痕依然没有转头，她的目光依然呆呆地丢往舷窗外，她没有看我，但是她说："你有什么资格说她，你以为你就很好吗，你有时候不通人情到了什么地步，你自己知道吗？我有时候都想我在《痕记》里把你写得太好了，你有时候说话伤起人来，一点余地都不留。我现在听见你的手机来电，我都紧张。生怕又是公司里我的部门出了什么问题。"

我啥都没说，从身后伸过双臂，紧紧地抱住她。

她哭了一会儿，回过头问我："你这次的生日，《最小说》上要呈现吗？如果要的话，记得让小西他们多拍点照片。我等下也和编辑们布置一下，记录一些细节。"

——是啊，她变了。她变得比以前爱哭。她以前是我们人群里的开心果，她讲起笑话来，我们大家都东倒西歪的，她活泼而又浪漫，憧憬着完美的爱情，为朋友奋不顾身。但现在的她，纤细敏感，用尽全力，维持着所有作者的情谊天平。她现在晚上容易失眠，失眠的时候，就容易哭。她以前莽撞而又天真，爱玩也爱笑。但现在不是了。

八

而我呢？

密密麻麻的目光朝我望过来。

笛安拿起了梅葆玖先生授予她的独家梅兰芳传记小说改编授权书，那一刻，她对着话筒说："我很紧张，我一上来目光就在四处寻找，我知道自己在找什么，我在找你的眼睛，我看见你，我就安心了。”

她转过脸来，冲着台下的我，微微一笑。

九

时间最终会和你和解，你的所有偏执、邪念、不甘，你的嬉笑怒骂怨，你的爱恨嗔痴狂，终会被它软软地握在手里。

它柔声地对你说：“你看，其实根本不用害怕的啊。”

最爱你的人，不是我

落落

落落

上海最世文化发展有限公司签约作者

目前为止，人生最喜悦的事，排在第一位的还是“写完了很喜欢的一个故事”。

已出版作品：《年华是无效信》《那些生命中温暖而美好的事情》《尘埃星球》《须臾》《不朽》《千秋》《万象》《剩者为王》《剩者为王Ⅱ》《有生之年》

我并不知道自己将来有一天读到诗人的描写，会在心里难以克制地想到你。而那个时候，我刚刚走下那幢28层的写字楼，上海把所有能够阻挡在人们面前的障碍化为一连串望不到尽头的红灯，影影绰绰，疏疏朗朗。天已经黑了，建筑和建筑间白色的光晕要在我们入睡时化为梦魇落下来。

先前也和你说过，我最近做的梦都变得非常具体而实际，不再有那些末日洪水的景象，或者浪漫的逃亡。我梦见在编辑部里，和你说话，最后开始争辩，持续的很激烈的争辩，但转眼之间，梦里我们坐在一张小饭桌前，和其他朋友一起吃饭。我们面前堆起了厚厚一沓从蛋糕屁股下剥落的油纸。然后昨天晚上，我又梦见了工作，已经是真切到我在检查下一期杂志的PDF，这样写实的内容了，然后你出现了，你说你不见了一本书，问是不是我拿的，你说“一定是你”，我说“绝对没有”，就这样反复地只重复这几个字眼，一来一去谁也不肯顺从对方，下一秒我一个踩空，醒了过来，但由此便也睡不着了。

我不要说那些多么多么感慨的话了，那些话我在年会上说过，在你的生日上说过，在平日里，很难得有我们俩相处的时候，我恍恍惚惚地说“想当年我们真的好年轻啊”，而你大概是从和投资商的短信里抽出一秒钟回答我“是哦”……那些关于沧海桑田、白云苍狗的话，要老是天天地说，那是会被当成不思进取的，而尤其到了今天，连我自己都变成了不能接受不思进取的人了。

只要还有一点前进的力量，也要用在和你之间，不至于被愈加扩大的距离上。

可这大概是写起来最不容易的一篇短短的、短短的只有不到3000字的散文啊。明明我刚刚从一个可谓不友好的梦里醒来，醒来后我开了QQ，看见你的头像挂着离开的符号，猜测这个点上，大概是你刚刚赶完一章《小时代》的稿子，正在倒头大睡的时候。

虽然换作平时，我仿佛也不太和你在QQ上聊天吧——其实也不能说得过于片面，这年头，我几乎不和其他任何人在QQ上单独聊天了。没有那个时间，没有那个精力，变得忙碌起来，时常觉得压力大、烦躁和焦虑的时候，往往连QQ也是不会打开的。和那个最初，只能和网络上的朋友们交流，来获得一些现实社会中对自我的信心的那个我，是多么截然不同啊。

不过在那上面，倒是还留着你之前用的豹子头像的QQ号码。

大家都发生了变化。褒义的变化里，不仅是年龄的增长，心智也相应发生变化，看待整个社会的目光变得包容而大度，对自我的定位有了更加清晰的划分。认识了更多人，接受了更多挑战。

而现在，我也不会那么简单地仅仅视你为朋友了。

有一次我去你家找你商谈增刊的事宜，我穿过走廊走到你家门前，在敲门的刹那，我感觉自己的手腕在发抖。一点也没有错，因为紧张而在发抖，紧张让我说："郭总？你在？我进来了哦。"搞不好又是一件会被外人们所误解的事例，可我从没有对这个称谓感到过别扭，恰恰相反，我觉得它适合今时今日的我们。在一个作为业界翘楚的公司里，承担着不同职责和压力的我们。它让我感到了安稳。

我有时听你批评我，或者开导我。你说到关于杂志的制作要素，说到人员管理，说我依然太稚嫩。也曾问我对外界的非议怎么看。我说："我和你完全不一样的地方就在于，我没有办法那么包容的。"你笑笑说："我也是这么过来的。"

嗯。

我时常在想，无论怎样，身为旁人依然是无法真正体会到当事人所经历的一切，无论好的、坏的、黑的、白的，而身为旁人的我只知道，我永远也弄不明白，为什么能有像你这样的人，会不论五年、十年，甚至未来二十年，都继续受到那样广大的读者，坚实的不会改变的爱。

我好像是在和一个奇迹结伴而行。

几个月前从香港回来的飞机上，我和笛安、痕痕坐在一起，因为地域或机遇的关系，甚少给我们三人在一起畅聊的机会，于是那一回，难得地，大家都聊起一些彼此从未曾谈起的事。笛安谈起她那让我目眩般羡慕的爱情观，她就是有这个本事能让人一秒内屏住呼吸的。痕痕将话题转向了文章与人的关系。而后来不知怎的我说到你。

“毕竟认识这么多年了，我对他的友情还是非常深的。”大概可以判断出，我前后省略了许多个“虽然”。

没有错的，虽然换上一部手机时，我就把你的名字改成了“郭总”，虽然我最近一年做的梦都因为有你出现而成为工作场景，虽然我仍然不可避免地在你对我提出质疑或否决时感觉到惧怕，但有时候在极其偶然的情况下，看到网络上有关于你的谣言，一板一眼说得头头是道却和事实截然相反，也许连你都会不屑一顾的内容时，我在某个深夜时分，依然会披个马甲上去一条条地反驳他们。

毕竟我们认识了那么多年。对我来说，那是改变了我整个人生的，是一个小时代般的时间。

这阵子你正在全心全意地写着你的《小时代 3.0》。和你间断的照面里，你的眼睛亮亮地说着最后的剧情，你说最后一本啦，你揉着胸口好像它正在因为激动而不规律地跳跃。我觉得这样的你看起来真不错，让人羡慕。你确实有神奇的能力，不是随便什么人能够获得的。而现在，你早已不只在写作一项上证明了它。

我就站在一边看好了，那样也让我很满足了。

也许有一些时候，你会和我聊一聊新看的美剧；有一些时候，我们继续熟悉地开着玩笑互相攻击；有一些时候，你说某个楼盘不错呀你去买呀，我说你去死啦；有一些时候，你在半夜里突然找到我，非常低落地说到关于未来、人生，或死亡的问题，我安慰不了你只能仓促地陪着你……剩下的时候，你朝前急速地进发，而我也不能落下了。

来参加你签售的男孩女孩，凌晨就守候在了书店门前。离开的时候，他们追着你的车，很肆意地流了眼泪。

——我想我从来都不是这个世界上，能够自诩为最爱你的人，我无法与他们比肩。而更多时候，你的所有作品，你的所有创作，都是为他们而付出，你为了写出能够令他们沉醉的作品，思索得眼睛也燃烧起来。

而我呢，类似我这样的还能做什么呢，直到后来读到已故的诗人所写的句子，我的心脏漏气似的歪歪地仰倒下去。

大概日后仍然会和你就某些问题争论不休，甚至彼此气急败坏；仍然会和你进行糟糕的笑话对谈；仍然会催着你再煮几只螃蟹来吃；仍然会叫你郭总；仍然会有觉得不安和害怕的时刻，再把剩下来的留在诗人的句子里：

撩开透明的暴风雨
我们就会到达家乡
一片圆形的绿地
铺在古塔近旁

我将在那儿
守护你疲倦的梦想
赶开一群群黑夜
只留下铜鼓和太阳

风花雪月

笛安

笛安

上海最世文化发展有限公司签约作者

我写的故事都是假的，但我知道你会相信。

已出版作品：《西决》《东霓》《南音》《妩媚航班》《告别天堂》《芙蓉如面柳如眉》《南方有令秧》

很多年前，我想要写一个短剧本。准确地说，我很迷茫地涂抹了几行，后来终究没能完成。至于为什么没写完，我已经忘了——可能是门口的小书店新到了我想要的漫画书，也可能是因为我陷入了与爱情有关的困惑。

四个角色，我记得很清楚，我是说，我那个至今仍然只是存在于回忆中的故事。四个角色，男主角叫风，是个苍白、瘦削、沉默寡言、大眼睛的雕刻家——自然是不得志的，不过好在年轻。女主角叫花儿，是风的女朋友，是不是兼任他的经纪人，我已经忘了，总之，是个巧言令色，却沉迷于夜生活的女孩子。美丽，那是自然的——那时候我太年轻，觉得写一个不美丽的女主角是件很伤脑筋的事情。还有一个角色，叫阿雪，从头至尾，没有一句台词，因为她是风的作品，一个没有双腿的绝美少女的雕像。最后一个角色，叫月亮，风的前女友，只存在于风和花儿关于回忆的对白里。

准确地说，我已不大记得这个故事的情节究竟是怎样的，总之，是个烂俗的故事——一个急着证明自己已经长大了的小女孩想要在这个故事里表明她懂得那些发生于成年人之间的事情。剧情的开场貌似是这样的——风凝视着自己最得意的作品，自言自语："阿雪，你好美。可是那些愚蠢的评委不能理解你，他们的眼睛早已被声色犬马弄得污浊不堪——他们失去了看见你、发现你的能力。可是阿雪，你自己知道的，你是最美的，你是我的女神。”我看着这几行歪斜的字，就笑了——我想要隔着茫茫的时空，对那个很多年前穿着格子棉布连衣裙的小女孩说，拜托你别写了，你再这样写下去，长大后的自己会无地自容的。但是她显然听不进去我的话，因为我在她的眼中，也是一个恶俗不堪的愚蠢的成年人。于是她固执地继续着风的这段炽热但是莫名其妙的文艺腔独白，直到花儿醉醺醺地闯进来，打断了风和阿雪之间隐秘的交流。

风皱着眉头说：“你又喝酒了。”花儿跌跌撞撞地瘫在了沙发里面，醉眼蒙眬，面色却是灿若桃李。花儿用一种嘲讽但是娇美的语调说：“我去喝酒了，为了让那些你瞧不起的人付钱买你的作品，买你的女神，这样我们才能吃饭。”

不对——我那个时候纵使想写出一个在风尘中打滚的女人，大抵也想不出这样的台词。记忆似乎是样不那么可靠的东西，不过，就这样吧——总之，风和花儿的生活就是如此。他们互相瞧不起，但是又互相离不开。

那时候我还不能意识到，尘世中饮食男女的爱情，大都是这样的。

那个时候，我也像很多女孩子那样，爱上过现实生活里的“风”。未必一定是艺术家，未必长着一张令人过目不忘的脸，只不过固执地张扬着一些莫名其妙的骄傲。认为只有自己是最聪明的，只有自己看得透红尘。这些男孩子中，有一些长大了之后会开始笑着回忆那时候闹别扭的自己，有一些，永远不会。

还是说我自己的故事吧。其实也简单——我把我自己变成一个燃烧弹，抛到那个我心目中的“风”眼前。自以为自己在半空中的姿态曼妙无比，画出了一条无懈可击的抛物线。殊不知所有的陶醉在旁人眼中只是可怜。我以为我可以成为他的阿雪，他眼睛里代表所有美好所有骄傲的所在。可是他只是把我当成了一个“花儿”。或者说，他能看得到一些我自己无法预料的未来，我最终只能成为一个“花儿”。倒不一定总是喝醉，倒不一定总是沉迷在夜晚的灯红酒绿里——那些都是一个小姑娘用来想象成熟“女人”的贫乏道具。时至今日，我才想明白，花儿代表的其实是所有渴望在现实世界中得到一席之地的女人。这必然和孤芳自赏的风格格不入。

但是那个时候，我不明白这个。我只是以为，只要我愿意，什么都可以。

多年之后的今天，我看见了冬天里的大海。灰蒙蒙的天空下面，海鸟的叫声又凄清，又明亮。虽然我已经脱胎换骨了好几回，我却依然喜欢着那些既温暖又荒凉的东西。远处的悬崖静静地看着更远的远处，和我一样。我走过堆积着的鹅卵石，看见海浪在陆地的边缘粉身碎骨。每次全神贯注地看着大海，我都想死。我的意思是说，我都觉得，海真的很伟大，伟大得让我这个孤独的生命无处话凄凉。曾经我以为爱情应该是像大海一样辽阔的东西，其实我错了，爱情之美，就在于它狭隘。

后来，其实也就没有后来了，我的那个风终于遇上了他的阿雪。旁人于是又有了话题——就像当年他们谈论着奋不顾身的我。他们在饭桌上齐心协力地窃笑，对我挤眉弄眼地说：“天哪，这个女人她哪点赶得上你？”谈笑间，他们又把我当成了同盟。但是我想我知道，因为那个“阿雪”，她愿意只绽放在风的眼睛里。她愿意成为风灵魂深处的一点点静静的光。——我不行，我动不动就要用星星之火来燎原。他们可以一起孤芳自赏，他们可以一起冷眼看世人，他们可以一起维持和世界相处的温度，不管旁人怎么不解怎么笑，那是他们二人的模式——这些都是我做不到的，我所没有的，因为我天生就不是一个能和世界保持距离的人。

凝视着烟波浩渺的海面，我总有种错觉，海的那一端，和天交融的地方，一定存在着过去的时光——多年前的我就活在那个海天之间不可能被触及的时空里。于是我就有种冲动，想要用尽力气，对海的那边少女时代的自己大声地喊叫：“你知道吗，那个风花雪月的故事，其实预示了日后所有的事。”

她一定不知道。她觉得这不过是个故事。

因为那个故事后来的内容是，花儿借着酒意，砸了阿雪——但是未能成功，阿雪重重地摔在地上，却完好无损。花儿疯了一样地砸，其实只是恐慌，阿雪只是底座上裂开了一点缝隙而已，精致的脸庞依然完好无损。

你去抱着她过一辈子吧。花儿绝望地哭。风沉默不语，其实是发自内心地蔑视。

这真的是故事而已。其实生活里的我从没有允许自己，像花儿一样不堪。我只是想说，你的绝望，有可能只是别人眼里的丑态——知道了这个你还想让他知道你已经支离破碎了吗？话也可以反过来说，在花儿眼里，风的所有骄傲和坚持都是孩子的撒娇——这也是风无法从内心深处接受花儿的原因。如风那样，不自信的男人，尤其不能忍受一个女人向他露出嘲讽的笑容。知道了你信仰的神像在这个女人眼里只不过是个粗制滥造的玩笑，你还能让她霸道地占据你的生活吗？当我长大以后，当我可以放下曾经的剧痛的时候，我对于那年的风的处境，多少有了一点点理解和原谅。

可是那些都已不重要了。

风永远是风，花儿终究绽放成了花儿，阿雪心甘情愿地只做永不融化的阿雪——其实没有人能选择自己成为什么人，每个人都不过是变成了他们只能变成的人而已。至于爱情，我依然愿意相信爱情是样好东西，只不过，你不能以为为了它，你什么都做得到。没有什么东西能拯救我们的灵魂，唯一的办法是，承认我们是不能被拯救的，承认我们永远只能沉沦。然后在这种无边无际的苍茫里，试着寻找一点点光。

对的，故事里还有另外一个人一直都没能登场——月亮。关于这个人物，我已经忘了我当初到底是怎么想的，我只记得，我在她的名字下面画了重重的两条线，代表她最难写。故事里，月亮是风过去的女朋友，是个美丽动人但是没有双腿的女孩子，也是风的第一个模特。月亮死于一个风和日丽的春天的下午，她拖着半截美丽的躯体，在高楼大厦的丛林里飞翔而下。阳光打在她光洁的脸庞上，砰然落地的时候围观的人们都说，这个女孩在微笑。

现实中，月亮不是一个具体的人物，只不过是风的理想。风照着这个理想执着地寻找，直到他认为阿雪就是月亮。故事里，月亮成了风永远的缪斯，那件名为阿雪的雕像其实就是以月亮为蓝本创造而成。

其实我无非是想说，我们无论怎样，都是孤独。

这个世界上的确存在着好的爱情、邪恶的爱情、波澜壮阔的爱情，但是我的，永远锈迹斑斑，就像一个看上去很神秘的灯，但是再怎么用力地擦，阿拉丁的灯神都不会出现。穿越了多年的岁月，我终于洞悉了一个秘密，其实风和阿雪的爱情，也是如此。

那么，你还想知道那个剧本里人物们的结局吗？

当年我设定了三个结局：结局一，花儿在绝望中哭喊出来真相，当年是她杀了月亮，风错手扼死了花儿，落幕的时候警车开到舞台上，代表着现实世界颠扑不破的秩序；结局二，花儿在绝望中哭喊着，是她杀了月亮，风暴怒地打伤了花儿，两人从此决裂，后来在花儿的婚礼上，望着已经形同陌路的风，花儿说，我当然是骗你的，月亮是自己跳下去的，我说是我杀了她不过是为了毁灭你；结局三，花儿在绝望中哭喊着，是她杀了月亮，风暴怒地打伤了花儿，两人从此决裂，后来在花儿的婚礼上，望着已经形同陌路的风，花儿说，你心里再清楚不过我撒谎了，因为杀了月亮的人不是我，是你。是那个第一眼看到我就移情别恋的你，你为什么不敢面对真相。

我说了，那不过是个故事。风花雪月的故事只是隐喻。你们愿意相信哪个结局，都可以。

亲爱的不二

安东尼

安东尼

上海最世文化发展有限公司签约作者

卧室写字 厨房工作 心中有爱 脚下有风

已出版作品：《红——陪安东尼度过漫长岁月Ⅰ》《橙——陪安东尼度过漫长岁月Ⅱ》《黄——陪安东尼度过漫长岁月Ⅲ》《这些 都是你给我的爱》《这些 都是你给我的爱Ⅱ云治》《尔本》

你好吗

我已经很久没有和你聊一聊了 在《陪二》《陪三》里就很少和你说话了 当然不是因为我不再喜欢你 或者不重视你了

是因为《陪一》之后 就认识了很多朋友和读者 于是他们都变成了不二开始陪我度过漫长岁月

但是我又不舍得你 不想你像《头脑特工队》里面的小粉象那样 随着我的长大就慢慢消失 于是我和 echo 开始合作绘本 写你的一段旅程 并下定决心 有朝一日 一定给你一个最好的结局

今年 有一群可爱的电影人 把我们在一起相处最久的那段时光拍成了电影 我等了一年的时间 有一点望眼欲穿 都要开始掉头发了 终于在 11 月 13 号上海的影院 和好朋友们一起看了这个电影

《陪安东尼度过漫长岁月》

电影院的银幕好大 画面美得让我不敢呼吸太深 当镜头切换到日本樱花那里的时候 我甚至觉得晕眩 配乐也恰到好处 和我看电影时候的心跳是同步的 一个节拍都不差 我静静地坐在那里 看着我们的电影 有那么

一两处觉得突兀 但是这都不要紧 导演坐在我的左边 Amy 坐在我的右边 电影里面 你第一次出来的时候 我的眼睛就红了 心里默默地和你打招呼 整个电影进行的时候 我附近的很多朋友都在哭 我没有 只是有那么几次眼睛红了 这电影演得很快 最后刘畅站在山坡上 各种过去的画面开始浮现 片尾曲响起 我看向 Amy 她对我笑了下 那笑容好像是送给别人一个礼物 对方拆开后挂在脸上的笑 谦虚 骄傲 还有些许欣慰 那一瞬间我关了一年的情感 那些对这个电影的故意的回避 一下子像大雨一样倾泻下来 我哭得好大声 像个傻子一样 媒体走上来拍我我也控制不住 刘畅过来抱住了我 周迅过来握住我的手

之前光线的一场发布会结束后 我一个做公关的朋友小安陪我回酒店的路上对我说 这个电影票房不好的话 我会很心疼周迅 当时我说我们这个电影肯定会好啊 她说 电影好和票房好是两回事

电影上映后的那个晚上 我手机里一直有短信进来 有最世文化的经理和作者 有我把这本书送给她的小茧 有之前工作合作过的朋友 有帮我做按摩的女生 有给我家做装修的师傅 有我在上海的房东房客

好棒啊 你真的太幸运了

这是一部一个人也能看的电影

这是我这几年看过的最好的青春片

刘畅演得真好 有那么几处 我觉得这就是你啊

小樱给你戴围巾那里 你抱着她说“有我在”很质朴很诚恳 那么重的情谊就在几个字里

简单 治愈 感人 正能量 来自真实又有童话气息 在我心里青春就是这个样子

非常感动 原本八点要安排车去学校接儿子 结果看到入迷忘记时间安排 他等了40分钟才叫到车 Now I have to sit in silence to reflect on my terribleness as a mother. Congrats again!

……

来不及一一回复 好想和他们每一个人拥抱

我妈妈看了电影 给Amy发消息

“看了首映，一直在电影里没有走出来……少许兴奋，更多的是眼角总有泪痕。他出国后，总觉得好像儿子丢了很多年，现在终于隐隐约约出现了。明知会打扰到您，但忍不住还想说，谢谢。”

上海是我最后的一站 接下来剧组还要去广州参加见面会 我们在酒店里喝东西聊天 聊拍电影的那段日子 想起来都是开心的事 我和周迅工

作室的陈总说 我觉得这部电影 用我能想到的最好的形式拍出来了 陈总和周迅笑说 总是可以更好的 我心里想说 不可能 不用了

半夜三点多结束 我打车回家 车上看到光线同事发的朋友圈

她说《陪》啊 好希望你的票房可以再高一些 口碑再好一些 对得起这么多人的《陪》当下我就在手机上买了去广州的往返机票 想说 有始有终 再陪大家一段

于是 广州我们又见面了 跑完最后一站 我和刘畅坐车回酒店 他说今天的票房不错 可是我们遇到外国大片 排片很少 加上周五有十部新电影上映 基本上我们这个电影只剩下这一个周末的机会了 我当时忽然紧张起来 好想立刻发微博说 我们这个电影真的好 大家星期一也要去看 一个人看也不会孤独

回到酒店 大家都在 周迅说连续跑三天太累了 为了见你我饭也没吃就睡了一下 于是大家又聚到一起 聊着电影 笑着 哭着 感叹着……

我心里想 电影人都是疯子啊 电影人哪儿来的那么多力气 他们的眼睛怎么那么亮 笑容怎么那么纯真

回到房间 我开始为这部电影上映会不会不到十天而担忧起来 不知道什么时候睡着了

很奇怪 早上起来的时候 心里有了种莫名的力量 觉得释然了 我相信我们剧组的人也都会有这个感觉

影响电影票房的因素太多 很多东西不是我们能左右的

写到这里 我忽然觉得中国的电影市场像一场战役

有武林世家的将军 有魔术师 有穿着光鲜却不会武功的 有武术超群却消失江湖的 有不被看好却拿到武功秘籍的

而不二你呢 你是一个捧着一颗红心在山间游走的小郎中 我却把你送去了这个战场 没有询问太多也没有想太多就把你送去了 但我并不担心你 因为陪你启程的都是我最欣赏的世外高人

但因为你是你 我们不能给你什么武器 铠甲 也教不会你什么新的技能 不能把你的红心用空气吹大 只能在这路上帮你挡一挡 顺势推一推 理清一下毛发 擦擦你的红心 唱动听的歌给你鼓励 可惜我们只能送你这一程

11 月 13 号以后 我们只能远远地看着你了

我看到你的背影 你安静地在那里 捧着你的红心 走得踏实 曾经被你温暖过的人都来拥抱你 我多希望你能在那个电影的世界里多待一阵子

给更多的人带来感动 但是新的人来了 你就要退下的

我也不难过 我觉得你去了那里 不是为了赢 而是要在另外一个天地和大家见一见 抱一抱 那个天地也需要你

等你回来了 我一定揽你入怀 好好地夸奖你 然后继续带你上路

音绊

王小立

王小立

上海最世文化发展有限公司签约作者

不喜欢眼前这个世界的话，那就创造一个新的。

已出版作品：《下垂眼》系列、《任凭这空虚沸腾》《又冷又明亮》《这一天，给你的歌》《在那里的我们》

他靠着公车门的扶手。在因刹车而带动出的某个轻微颠簸里，突然就想起了她。

好像……很久没有见到她了吧？他想。

*****

一

初秋的清晨。五点三十五分。

她从家中离开。大力甩上身后的门，从此将里面无休止的争吵隔绝进空气。

没到六点的马路看起来空旷得近乎苍凉。两旁的路灯早已熄灭，天却尚未完全亮开，路过的车辆打出暖黄的光，稀稀落落又极快地在她眼前掠过。

她坐在车站的大理石座凳上，手撑着脸朝天空发呆。此时依旧能看见月亮。清浅的光渗出边缘，就漫成一整片灰紫色的天，而随着时间的推移，这紫就由深向浅地转成了蓝。

她就这样从五点五十三分，一直坐到七点二十六分。要等的公车来了又走，走了又来。就如她身边聚散交错的人。她却一直没动。

她在等他。

“今天，一定……要说给他听。”她想。

[一个月零六天前]

第一次见到他，是她升上高中后的第三天。

发色很好看——算是第一眼的印象。其实只是普通的褐，乍看和黑色并没有太大的区别。但是她看到他的那天阳光极好，那些细密而明亮的粒子，轻易就将他的发色浸成醒目的金。他站在她旁边，六七米的距离，相隔了半个车站。而之后上了巴士，这距离就应了车厢与人群的密度，缩短成不足半米。

或者用“只要一歪头，就可以靠到他肩膀”这个说法要更贴切吧。

她当然没有歪头。又不是花痴，像什么话。她只是用余光朝旁边稍微打量了一番。因为是这样小里小气的方式，所以除了看到他风衣里的校服，也没有更多的收获。

但她认识他的校服，是市内颇知名的重点高中。没有记错的话，比她的学校要往后……三个站吧。

有些不确定，她于是抬头看向钉在窗上的车站牌。红色楷体的“明质高中站”，稳稳标在路线的末端。而顺着往右数过三格，便可以看到她要下的站，同样也用了她所就读的学校作为站名。

车站的名字总喜欢用当地的标志建筑物来命名——似乎是有这样的

说法。按这样说的话，她所就读的学校，其实也并不比他的要逊色吧。

——但……又有什么可比性呢。她抿了抿嘴，想。

嘹亮的报站声响起来。下车前她鼓起勇气抬头扫向他的脸，未等他的视线接应过来，便又飞快垂下眼睑，穿过人群朝门外挤去。

他的脸，也很好看。这是她对他第二眼的印象。

二

清晨的风有些大。她抬手理了理被吹乱的刘海。手背在动作间触到自己的唇。入秋的干燥在那上面凝成零星的屑，轻擦过皮肤，粗糙的质感。

她舔了舔唇，偷偷朝他看去。5 分钟前他出现在车站的她的身边，她的脊梁就僵出了笔直的线。

她看向他，不想他也碰巧将头转至她的方向。视线对上时，他朝她点点头，笑着招呼了一句“早啊”。

她也连忙笑回去。带了些慌乱地，感觉到自己的嘴角被肌肉扯出上翘的弧度。

其实并不是第一次打招呼。自从上个月他帮了她那个忙之后，他们间就变成了这样点头之交的关系。

点头之交的关系，而已。

她低下头，视界里是她与他的脚，驼色的靴子和黑色球鞋。而那中间还掺杂了些其他的，像是棕色的皮鞋又或白色的高跟鞋。两三个人的间隔，称不上远。

但是——

“这样的距离……是告诉不了他的吧。”她想。

［半个月前］

其实也不是什么多大的忙。

她在某个晚上被家中一贯的争吵所惊醒，就这样辗转直到阳光漫进窗棂。一个晚上没有睡好，直接的反应就是公车上的昏昏欲睡。那天他站在靠车门的位置，离挤进车尾的她有些距离，就更方便了她心无旁骛地打起瞌睡。

秋日早上的车厢挤满了人。各种质地的衣料随车厢的颠簸，摩擦出细碎的响，她合着眼，在这一片窸窸窣窣的声响里，一点点地模糊了意识。头顶的喇叭传出她要下车的站名，她依然没有反应过来。直到听到车门关闭，司机重新发动引擎的声音，她才如梦初醒，拼命地拨开人群朝车门挤去。

却还是晚了一步。拍打车门的声音被人墙过滤得传不进司机耳中，只能眼睁睁看着窗外的景色一点点向后移动起来。她咬了咬唇，犹豫着是不是该大叫，但声音还未冒出来，就被自己该死的矜持堵得涨红了脸。

然后她听到身旁的陌生的声音。爽朗中挤着一点儿小沙哑的，犹如极锋利的刀将水果一切到底时所带出的质感。她觉得她形容得不好。她也想不到更好的形容。

总之，就是很好听的声音。

“师傅，这个站还有人要下车啊——”

他持着这样的声音，仰头朝前方喊着。话尾的音在空气中停滞成一个上翘的弧度。

车门重新打开的时候，她没有朝他道谢。她甚至连朝他看过去的勇气也没有。就这样低着头匆匆下了车，如同被人追赶的小偷。她不知道自己为什么要这么心虚。

——其实也不是很大的忙。

她在后来这样对自己说。一遍又一遍地重复。想借此抚平那句因未说出口，而在心中郁结成了块的“谢谢”。

三

眼下算是上班的高峰期。人聚集得多了，车站于是越发热闹起来。等公车一进站，这热闹便炸开成了喧嚣。上车时她扛不过周围的争先恐后，远远看他被人群隔离到了后车门的楼梯口，只好靠自己的力气一点点地朝里面探。

“挤什么挤啊你。”身旁有身着名牌套装的白领提着嗓子骂。她也不加理会，只是侧着身子，一心一意朝他站的方向努力挤去。

“……今天不说的话，就再也没机会了啊。”她想。

[昨天晚上]

她坐在车厢的后座，轻皱着眉。私家车里独有的汽油与香水混合的气味，坐多少次也叫她习惯不了。

事实上也没有坐过多少次。她在心里算了算。第一次是初中开学，把东西搬进学校宿舍的时候。第二次是初中毕业，把东西搬出学校宿舍的时候。而眼下的第三次——

“怎么了，想到又要住宿，不开心啦？”是驾驶座上的父亲的声音，大概是从后视镜里瞥到女儿的脸，他问。

“哎哟，你这是什么话，我们小殷懂事得很，怎么会不开心啦！”副座的女人接过嘴，“住宿多好啊，还可以多交点朋友，等小优上初中我也要叫她住宿的。”

小优是她妹妹。同父异母的。

她朝女人笑了笑，没说什么，过了一会儿将视线转向窗外。刚下完一场大雨，潮气在窗上凝成了浅白的雾。她抬手打算擦，手在空中顿了顿，落在窗子上却变成了写字。

“你早”，她写。

“谢谢”，她写。

她写的时候一直在想着他。想到他朝自己笑着的那些招呼。想到他帮自己的那个忙。还有，想到那次扑到他怀里时，于脸颊边所留下的温暖触感。

客观一点说，应该是“刹车的时候没站稳，撞到了他身上，还踩了他一脚”才对。

几乎可以听到头顶所传来的倒吸冷气的“咝——”声。抬起头，她看到他因吃痛而敛紧的眉头。面对这样足以用“过失”去定义的亲密接触，除了条件反射般地退后两步外，一时间她也蒙得不知道该做什么。

或许是察觉到她的僵硬和慌乱，不等她道歉，他就率先开了口——“没关系的。”他说。他一边说一边咧开嘴角，像是要安抚她一般地笑起来。

这样她也就接不上道歉的话。抿了抿嘴地笑回去，便算是为这事件画上了句号。牙齿抵着唇，暗地里施了力，粗钝的痛感于是就被她一圈圈尖锐地刺进了体内。

“对不起”，她写。

“趁今天周末帮你把大东西都搬到宿舍了，还有什么要带的小玩意儿，你明天上学自己带去学校吧。”父亲的声音。

“嗯。”她点点头。视线却依旧停留在窗子上。先前的字迹依旧停留在原本的位置，透过歪扭的笔画，可以看到夜晚窗外的公路。路边有大片大片的矮树丛，和模糊在它们身下的，被路灯所染开的大片大片的影子。

“你好”。

“谢谢”。

“对不起”。

而接下来的是——

她吸了一口气，再次将手指按上车窗。写下那个字的第一画。

撇。

四

撇。点。点。撇。竖。横折。横。撇。横折。捺。

夹在公车的人群里，即使不扶扶手也不用担心摔倒。她低着头，用右手的食指在左手心上描下这样的笔画。

会这样做源于她先前莫名想到的日剧。男主角在安抚即将上场比赛而紧张的女主角时，所说的“在手心写下‘人’字，然后吞下去，就会有勇气了”——无厘头的做法，却似乎是日本传统的打气方式。

此时她已挤到了他的身边。肩与肩之间相隔不过半米的距离。她想到接下来自己要说的话，突然就紧张起来。

手掌摊开在面前，除了先前指尖划过时所残留的触感外，并没有存在更多的什么。可又确实地，在那一小块的面积上，积累了沉甸甸的什么力量。

并不是“人”字。

她仰头将手心的字吞进身体，喉间因咽进了空气而发出轻微的响——“是比‘人’字更强大而温暖的字呢。”她想。

［今天］

她在清晨五点的时候被声音吵醒。

“闹闹闹，你闹个屁。你不烦啊！”父亲的声音。不知又是因了什么事而挑起的纷争，即使不用刻意竖起耳朵，也可以分辨出他话语里膨胀开的怒气。

“我怎么闹了我？”毫不示弱的女人的声音。

“你怎么闹？你天天闹！”大概是在想举出事例，吼声在空气中停滞了几秒，又很快地流动了起来，“他 × 的就说昨天晚上，老子我想和我女儿好好说个话，你他 × 跑出来多个屁嘴？！”

“我多嘴？？我说什么了我？”

“你还不多嘴？看你当时说话那德行！你就怕她不愿意住宿是吧？你就怕她留家里挡着你了是吧？！”

“你有毛病啊你？”女人叫起来，“说送她去宿舍的人是谁？是我吗？是谁说她初中住宿对她比较好的？？是我吗？不想对着她过日子的不就是你吗？？”

她在床上翻了个身，将被子掀高盖住自己的头。男人低沉的声音被模糊在了外面，却并未能阻挡女人尖厉的声音。不知道是父亲又说了些什么，那声音于是越发迸出凌厉的势头。

“你要难过你前妻的事你他 × 滚远点去难过，你天天找老娘的碴儿你算什么男人！！”

声音伴随着一声“哐——”而转成了尖叫。

“你扔啊！！你继续扔啊！！跟着你这男人过，谁都得自杀，我算是明白了！！”

此时，窗外的光正一点点地苏醒开来。它们穿过玻璃、透过窗帘，从她的被罩表面渗进她的面前。弥漫在被单下的湿润的黑暗被笼出一小团毛茸茸的光。称不上明亮，却很亲切。她于是想到了他。想到了那些一直以来，都想对他说的话。

“你好。”

“我上辈子真是瞎了眼了！！！怎么摊着你这个死人？！”

“谢谢。”

“好好好！！我忍你！！！我忍不了你，我他 × 就学你以前那个宝贝老婆一样也带着小优一起自焚呗！！”

“对不起。”

“哦不对！小优不能死，小优要落得跟你女儿一样给烟呛得哑掉了那才最好！那你就开心了！！你就开心了对吧？！”

能够拉近彼此距离的。能够让对方明白自己感激的。能够将空气里的僵硬化解成圆滑的。这些句了，以及足以将这些全部包括进去的那个字——她轻轻地张了张嘴，听见自己的声音，持着糙哑的质感，将她心中的那个字颤动进空气。

五

“爱。”

她朝向他。努力地，勇敢地，不理会喉间撕扯出细密的灼痛地，说。

即使无法告诉他更多的什么。但只要能说出这一句话，就足够了吧。

只要这一句。终于，说出来了。

[依旧是今天]

她穿戴整齐出现在争吵的两人面前时，对方脸上飞速掠过的尴尬只让她想笑。

“你们别吵了，我挺喜欢住宿的……以后没事也不会回来的。”她比着手势，从他们身边穿行而过。

初秋的清晨。五点三十五分。

她从家中离开，大力甩上身后的门，从此将里面无休止的争吵隔绝进空气。

“今天，一定……要说给他听。”她想。

*****

他靠着公车门的扶手。在因刹车而带动出的某个轻微颠簸里，突然就想起了她。

好像……很久没有见到她了吧？他想。

他一边想，一边将视线投向窗外。此时车正准备进站，速度放慢的缘故，可以看清马路边站立着的树，树干刷了白漆，细秃的枝丫伸展出奇异的姿态，将灰蒙蒙的天色撑出一丝绝望的意味。

车门打开时，因为没有上够油而可以听到夹着锈味的嘎嘎声。但这声响很快便被嘹亮的报站广播冲散进虚无。

以前她就是在这个站下车的吧？此时他依旧在想着她。想她低垂的眼睑，想她微抿的嘴角，想她极少展露的笑容，还有——

想到那天她在自己耳边所叹出的那一声“唉——”。

那个时候为什么要叹气呢？

是遇到了什么难过的事情吗？

那天之后，为什么就再也没有出现了呢？

那些因了这声奇异的叹息所拉扯出的在意，犹如被剪成微段的丝，再也无法绕上原本的线圈。

……很久没有见到她了。

“省特级聋哑学院站到了，请要下车的人在后门下车。”清亮而标准的报站女声播到第二遍的时候，夹杂进了汽车重新发动时的轰鸣。有风从车门的缝隙漏进来，锐利的冰冷。

已经，是深冬了。

一寸灰

陈奕潞

陈奕潞

上海最世文化发展有限公司签约作者

大概天才都是任性妄为的。我只是束手束脚、眷恋着这个世界的普通人而已。

已出版作品：《神的平衡器》《骑誓 · 冰川骑士的第十二条规则》《秘境之匣》《2037 化学笔记》《天众龙众 · 歌乐神》《天众龙众 · 乾达婆》《住在身体里的人》《被删除的人》

一

段宣和她姐认识的这一年，她高二。其实如果不是段宣去世的大伯，可能这辈子她都不会知道自己还有个姐。大伯比爸爸大十二岁，和爷爷闹翻之后就再也没和家里人来往。他们夫妻二人又都是传说中的“精英”，三天美国两天法国地飞，逢年过节也不露面，爸爸不提，她和老妈几乎要忘了自己还有这门亲戚存在。

这么一想，她对着灵堂墙上那张黑白照片又翻了个白眼。

11 月，山中枫叶落尽。没有允哲说的那么漂亮，却苍凉。段宣插着耳机坐在副驾，谁都知道这是死亡率最高的位置，段宣的爸爸却喜欢她坐在副驾，理由不得而知，大概只是喜欢和她说话，又或者怕她晕车。段宣手里拿着英语单词册，却根本没想扫一眼。不是因为山路颠簸，而是车里一直放着《最炫民族风》。尽管戴着耳机，任何曲子却都抵不过“洗脑神曲”的会心一击。她心里像是有个气球在被人不停地加压鼓动，渐渐膨胀到不能再薄。

微信上允哲回复道：“有多薄？有 Durex 薄？”

段宣在神曲轰炸下好不容易酝酿起来的小文艺小清新又被他一句话

打回原形。她额头青筋暴起，手指飞快地按动键盘："滚！"

到了B市，坡路多，爸爸绕了几圈，差点迷路开到海里去。打电话给姑姑，最后终于在沃尔玛超市边上找到了她家。

段宣家在六楼，姑姑家在二十楼。坐了电梯上去，段宣手里拎着出门前妈妈让她带过来的水果和蟹子。爸爸心情很好地问她："紧张不呀？"段宣冷冷地回答："有什么好紧张的？"爸爸像是完全没有觉察出她口气里的不耐，只是"嘿嘿"地兀自笑着，习惯性地摸了摸头发。

段宣握紧了袋子。

二十层，电梯门开了。门口站着两个人。段宣下意识地往旁边让，不料爸爸在这时候开口："姐？"

段宣抬头，可不就是姑姑吗。

目光却不由自主地落在姑姑身边那个人的身上。

她穿了件黑白格T恤，外罩橄榄色衬衫和浅色仔裤。皮肤真黑，比段宣黑不止一倍。段宣剪了头发，染浅了；她的则已经长到过肩，且拉直了。所以第一眼的时候，段宣没有想过可能是她。段宣家的人，都是天生卷发，说起来不错，却极难打理。但是段宣却也从没跑去把头发拉直过。

段宣看她的时候，她也看着段宣，眼睛黑白分明，目光极亮。除了黝黑之外，她皮肤毫无瑕疵，不像段宣一样，有着痘痘等各种问题。

其他方面，她看起来和段宣一模一样。

一样的身高，一样的胖瘦。

一模一样的五官。

姑姑说："你们来了呀。"

姑姑的笑里掺杂了许多东西：高兴、难过、疲惫、焦虑……但还是高兴占了上风。段宣爸爸不知道被什么冲昏了头脑，傻笑着，伸手摸那个女生的头——是"拍"更贴切吧？他是把对方当小狗吗？

那女生没躲，不过也没什么表情，只是对着段宣爸爸点了点头。

姑姑说下楼是要去给段宣他们买晚餐用的菜，冰箱空了。

段宣爸爸说："那就一起去嘛。"

姑姑瞟了段宣一眼，段宣道："车放不下那么多人。我就不去了吧。"

姑姑倒像是如释重负："那就让小颜留下来陪宣宣吧。我跟你爸去得了。"

看得出她有话要单独和段宣爸爸说。

电梯门在段宣和那女生面前缓缓合上了。

"你好。"

段宣看着她："你好。"

"你的名字……是？"

大人们没有和她提过自己的名字？段宣觉得好笑。

“我是王子颜。”她伸手。她随了伯母的姓，不姓段。

“段宣。”

离她很近的时候，段宣看见她耳朵上的痣。虽然是双胞胎，第一时间段宣想到的却不是自己，而是妈妈。这感觉怪异而又熟稔，让她生出想要依赖的错觉。王子颜的手指冰凉，段宣觉得不舒服，很快松开了手。

二

房间很大，家具大多是钢色。墙壁上是大幅的彩色抽象画。

大伯是建筑设计师，在海外华人的圈子里很有名。

王子颜的房间是最里面不到二十平方米的小隔间。

小却明亮。一整面墙都是窗。

可以看见高架，看见省体育馆，看见大半座城。

王子颜给段宣倒了一杯橙汁。然后坐在靠墙的床上，一言不发。

墙上贴满了她的画。王子颜少年得志，给很多杂志画插画，拿过国际上的大奖，现在又有作品在某知名刊物上连载。

没有车祸之前，据说大伯和伯母是计划今年年底把她送到英国那边读书的。

她的人生和段宣毫无相似之处。

喝了一半，她问段宣要不要听歌。

段宣说："哦。可以啊。"

王子颜到左边的黑色书架上，翻了碟片来。拿到 CD 机里放时，电源线找不到了。又翻了 iPod 接了外放来播，放的却是段宣从没有听过的异国乐队的歌。她真的是从头发到脚趾尖都高端洋气冷啊，段宣喝空了杯子，脸上大约挂了笑。王子颜看见了，误会了："还不错吧？我蛮喜欢 Eskobar 的。"

王子颜笑。段宣第一次发现，自己的脸可以笑得那么难看。怪不得老妈总是不让她笑。

"我们聊点什么吧？"王子颜说。

"聊什么？"

"聊聊小时候？聊聊……你爸妈？"

段宣愣了一下，然后道："好呀。"

她们聊到日影西斜，大部分时候都是王子颜在讲。她真的很能讲，段宣听到后面有点困倦，就抱着她的那只白色绵软的玩具熊打瞌睡。

门这时候忽然开了。能做到不敲门，不经允许就推门这事儿的——段宣抬头看，果然是她爸。

他笑，谄媚又带点和他性格不符的温柔："来吃小龙虾。"

三

边吃边聊到七点多，姑姑要段宣他们留下来住。段宣说明天还有课。姑姑说王子颜一个小姑娘自己住不好，这两天都是自己和表姐在陪她。表姐昨天去 A 市出差了，她也要回家歇歇的。

段宣说："明天还有课。"

爸爸发了火："不是都让你请假了吗？一个补课算什么，你这孩子怎么这么能找事儿呢？"

段宣闭嘴了。爸爸很少和段宣谈学习的事，就算考了年级第四在他看来也没有什么用。每次他对段宣发火，都是因为她让他觉得没有面子了。小时候段宣一直觉得，可能因为自己不是男生。但别人家的爸爸都是喜欢女儿的不是吗，小乔和右右的爸爸就是这样。如今看来，这些也只是不喜欢段宣而已吗？

姑姑大概也觉出什么来，打圆场道："你们好不容易来一趟，晚点再走吧。宣宣，走，姑姑和姐姐陪你逛逛吧？"

于是莫名地，王子颜就成了段宣的姐姐。刚知道自己有个双胞胎姐妹那会儿，段宣的妈妈怕她心里不舒服，和段宣聊了几次。按妈妈的说法，早出来二十分钟的那个人，明明是段宣才对。

临海的B市，人口不多，街道宽而冷，海风吹来，街上的行人都缩手缩脚。

买好东西从沃尔玛出来，夜灯亮起。对面街的高中放学，有三三两两的学生从学校黑色的铁门里出来。

王子颜的学校，叫作"应隆高级中学"——"应隆"听起来更像是不入流的酒店是不是。

进了校门瞧见那尊人像的时候，段宣才知道这“应隆”其实是个人名。而且不仅是个人名，还是个名人。这学校是那个名人待过的百年老校了——省重点，排名比段宣他们学校远远靠前。

高三教室那一层楼亮着光。

“现在的学生真忙啊，哪像我们小时候……”姑姑开始碎碎念。

段宣觉得嘴里有点发苦。高二有一次考察机会，如果通过了几轮笔试和面试，就可以被选去新加坡理工大学念书。她最近忙着补课忙着考试，为的，也是这个。

不像王子颜，王子颜之前根本不用操心这个。

车祸改变了她的人生。

四

姑姑领着两个人买了一堆零食，段宣发现王子颜和自己一样，不爱吃果仁巧克力。

最终还是留宿在了大伯家，陪王子颜。爸爸睡在主卧，段宣在客房。

刷了一晚上的微博，和允哲他们那一群人在群里胡侃，快凌晨两点的时候，段宣终于睡着了。

他们说失眠的人是因为心里有不想面对的事。所以一直拖延着不睡，却只能延迟心里的时间。真正的明天，早已如碾压机一样，铲过来了。

当段宣九点多被爸爸叫醒的时候，王子颜早已穿戴整齐，坐在客厅。她今天换了浅粉色的背带裤和泡泡袖衬衫，戴了顶镶铆钉的棒球帽。

她真的太黑了，不适合穿粉红色啊。段宣心里忍不住吐槽。

但她心情不错。和爸爸有说有笑的。

段宣走过去，拿了个包子，往嘴里塞。

爸爸说："坐下吧。"

段宣说："不是着急回家吗？"

也没看对面两个人，说完就转身穿鞋下楼了。

允哲发短信问段宣什么时候回学校。

又说数学老师今天又发飙了，课上点了三个人上黑板答题都没答出，所有人都盯着老师憋成紫色的脸，班长连 120 都已经按好，如果老头晕了就直接拨通。

又说昨天下午自习如何好笑，输了篮球的五班队长带着一群人来找碴儿，愣是把坐第一排的胖妹当成了学生。几个人站门口喊班花的名字让她出去，胖妹执掌重点班这么多年，大概第一次碰到这样霸气外露邪魅狂狷的学生，自然要好好疼爱一番……后来那几个孩子被拖出去的时候，整个走廊都回荡着撕心裂肺的哭声……

允哲总能把很无聊的东西讲得很有趣。段宣则刚好相反，无论什么事情到了她那里都冷成钢板。“在 B 市啊。”他问她在哪儿，段宣如是回答，“下午应该就能到家了吧。只要不下雨的话。”

“找到了吗，双胞胎姐姐什么的？”

“呵呵。”

“……你这一‘呵呵’，我就小腹一痛……”

段宣刚想吐槽两句，爸爸和王子颜下楼来了。

爸爸看见段宣坐在副驾，道：“去后面和你姐一起坐嘛，你不是不喜欢坐副驾吗。”

知道她不喜欢坐副驾，却一直让她坐副驾。其实明眼人都看得出，段宣坐在前面就是不想和后面的那个人说话。

段宣插着耳机，没有应声。

爸爸马上要发火了。王子颜在那个时候说了一句什么，段宣没有听清。

爸爸破天荒地静了下来，去开车了。

其实段宣知道王子颜为什么跟着他们回家。

B 市这边的事，虽然还是要打理，但是因为涉及到遗产纠葛，有些场面也许会有些难看。姑姑他们不希望王子颜看见。

爸爸是早知道接下来的安排了。王子颜是过继给大伯家的，如今出了这样的事，自然要接回来。虽然当时爸爸和大伯约定，孩子送走就不要再联系，免得破坏养父女感情，王子颜也有十多年没见过自己亲生父母，但是在老爸老妈眼里好像这些根本不是事儿。

钱什么的，好在段宣家从来都是不缺的。

“所以不至于被那些人在身后唠叨嘛。”姑姑说。姑姑指的“那些人”是大伯母家那一边的人。

但最重要的还是，王子颜她自己居然同意了。

段宣觉得奇怪。因为如果是她自己，她是铁定、肯定、无论如何都不会离开的。

把我送走十六年之后再把我接回来？

说是我家人？

开什么玩笑。

我宁可一个人待着。

段宣从一开始就不相信王子颜会和他们相亲相爱。

但能做到这么平静，王子颜这家伙，心里到底在想什么呢。

“反正你说我什么都好，说我嫉妒她、先入为主、自私、冷酷……都无所谓。我就是不喜欢她。还有我爸，那张装得比谁都亲热的脸，还没回家就上演父女情深，真让人受不了。”

消息送达了很久，屏幕那边却一片寂静。

“允哲？”

没有回应。

五

爸爸开了三个小时的车才到家，看着路上一排一排的树，从来没有发现五月天的歌这么催眠，段宣几乎睡着。

从后视镜瞥了一眼王子颜，她趴在窗边，眼睛看着外面，很清醒的样子。

到了家，还没下车就看见段宣的妈妈。段宣一看见老妈那双泪眼蒙眬的眼睛就知道要糟糕。

段宣说：“我先上楼了。”

假装没有看见后备箱那三个大旅行箱。

虽然里面也有姑姑买给她的东西。

但她还是走了。

段宣的妈妈和爸爸围着王子颜。

妈妈真哭了，段宣上到二楼还能听见她的哭声。

午饭是糖醋小排、素炒菜心、白斩鸡、清蒸鲈鱼、三鲜素烩汤、红烧狮子头、一小碟花生米。

爸爸喜气洋洋开了两瓶酒。

段宣吃了两口就饱了。王子颜倒是吃了许多。

越看越觉得，自己和她除了脸之外哪儿都不像了。

爸爸即兴发挥说了很多。妈妈就时不时掉两滴眼泪配合。

何必呢。

就在段宣准备说肚子痛开溜的时候，王子颜站起来说："我吃饱了。"

她转头看着段宣："洗手间在哪儿？"

她也撑不住了。

段宣把王子颜领到洗手间，莫名地在门口站了一会儿。

也不知道自己在等什么，明明和这个人没有什么话好说。

奇怪的是，她在里面待了那么久，却没有听见水声。

王子颜出来的时候也有点惊讶。段宣说："要去书店吗？"

王子颜短暂地愣了一下，然后说："好。"

到了书店，段宣就后悔了。因为王子颜连载漫画的那本杂志，就摆在最靠近门的那一排书架。

说实话，不知道画手是她的时候，段宣还蛮喜欢那本杂志的。

王子颜倒像是没有看见，直接朝里面走了。

停在“雅思英语”那儿。

段宣心想：如果你想出国的话，咱爸妈也不会拦着你的。

估计接受爸爸的条件回到家里，就是这么打算的吧。虽然大伯和伯母的钱够她用很久，但是如果出国留学的话，需要的就不只是金钱的支持了。

段宣耸肩，和我又没有一毛钱关系呢。

结账的时候，王子颜买了四本小说。

段宣看了一眼：“别买了，我有。”

王子颜愣了一下，然后说：“好。”

于是两手空空地回去了。

在段宣家楼下，看见允哲。

他抱着一摞作业，衬托得他猥琐放荡的眼眸也坚贞不屈起来。

“干吗呀？”

“干吗呀？”他学段宣，然后叹气，“我是来传达‘圣母皇太后’懿旨的，这是物理和化学一天的作业量，还有语文和英语，要背的我已经帮你标黄了，不用谢我。”

然后他瞧见了王子颜：“哇。”

段宣就知道他会这样的。

王子颜看着段宣，段宣只好介绍："周允哲，同班同学。我……姐，王子颜。"

"王子颜？就是那个 ×× 杂志的王子颜？！久仰大名啊，什么时候给我签个名吧？"

王子颜不伤和气地笑："好。"

段宣看着两个人，笑。虽然是一模一样的脸，段宣却有本事从眼角眉梢都笑得和那个人不同起来。允哲举着那摞书，段宣却没有接过去的意思。

"姑奶奶你不是认真的吧？"一米七八的男生无语泪长流，"你们家六楼啊，你真的要我搬上去？"

"当然你搬啊，不然你抱来干吗？"

王子颜道："我来吧。你是不是还有事啊？"

允哲这边忙不迭地点头，段宣却依旧笑："他能有什么事？不是去打游戏就是去买小黄漫。你住电梯房住习惯了吧，这么多东西，搬到六楼可不是件轻松的事。再说了，抱都抱过来了，还差这么点距离？周允哲你要是不帮我搬上去，就不是个男人。"

"我要是帮你搬上去了呢？"

"我请你吃螃蟹，还有我妈做的'一招鲜'。"

允哲眼睛亮起来："哇！"

他说着，把书扔到了地上，眼睛笑得看不见："抱歉。不搬。"

六

七点的时候到了舅舅家，研究为王子颜转户口、转学校的事，还有别的一些大人的事。妈妈陪着王子颜，一一介绍家里的人，王子颜很有礼貌地和他们打招呼。王子颜手臂上的黑纱被白色的外套藏了起来，但是妈妈还是很小心地帮她躲避家人的问询。

好像她是不谙世事的小孩子似的。

在舅舅家的地下室里，段宣和王子颜坐在一起，看电视，剥石榴，聊起允哲，"呵呵呵"地笑一下。一切都太虚假，单薄脆弱，不堪一击。

"你们两个关系很好？"王子颜问。

"同学而已。"段宣漫不经心。

"他那么做，应该是家里有什么事情，你不要生气。"

“我没生气啊。”

“嗯。”

段宣觉得有点可笑了。什么时候一个刚认识了不到两天的人可以跑过来对她讲周允哲的事了。

“大伯他们不在了，你很难过吧？”

“……”

“你别太难过。我爸妈人都挺傻的，你想要什么跟他们说，他们都会满足你的。”

段宣说完，把手里的石榴皮扔到玻璃盆子里：“我上楼去啦，你有事叫我哈。”

她把楼梯踩得咚咚响，走过拐角的时候看见王子颜还维持着那个姿势坐在沙发里，肩膀一抖一抖的。

自己是不是做得太过分了一些？

这样想着，却一步两级，开开心心上楼去了。

晚饭的时候舅妈烧了鱼。妈妈也罕见地下厨房煲了汤。整个桌上都一派其乐融融的模样。除了……

“王子颜去哪儿了？”

“不知道啊？”舅妈一脸茫然，“不是和宣宣一起玩来着吗？”

爸爸看了段宣一眼，段宣不看他：“我怎么知道啊。她那么大人了，我也不可能走哪儿都跟着她。”

“小兔崽子！”爸爸发了脾气，要挥拳头，被妈妈拦下。

“我？我怎么啦？”段宣抬头，“我又不是她保姆。这儿就这么大，她也许睡着了，也许在卫生间，也许下楼透气了……关我什么事？”

爸爸一脸怒气却又无处可发。的确，段宣看起来和这事儿一点关系都没有。但隐隐约约他又觉得，就是因为她。

舅舅打圆场道：“我去看看吧。”

厕所卧房各个房间都找过了，哪儿都没有。

爸爸脸色不好看。其他人也兴致缺缺，只有段宣，胃口很好地该吃啥吃啥。

“别吃了！”

爸爸一巴掌把段宣手里的筷子打飞了。

段宣愣了一下，一把抓起外衣，飞一样地冲出了门。

七

大人总以为小孩什么都不知道。好像有些东西只要小声说，借着酒意说，披了修辞说，就会变得不同一样。

比如大伯曾经性侵过王子颜。

比如大伯和伯母的死根本不是意外。是伯母知道一切之后心灰意冷，在车上动了手脚，却最终不忍心对养了十几年的孩子下手。所以当时车上三个人，只有王子颜面前的安全气囊弹出了。

比如爸爸他们把王子颜找回来，除了因为大伯死了王子颜无人照料之外，更有一个理由是：段宣的肾不好了，需要有人移植一个给她。

所以妈妈看见王子颜的时候，喜极而泣。

所以一向粗糙大条的爸爸，开始走温情别扭路线。

有些事段宣不愿去揣测，去妄想，却又一桩桩一件件跳到她面前。

像是万圣节收到允哲送的谢耳朵小丑玩具一样，在你最无防备的时候神经兮兮地一跳跳到你心里最不愿意触碰的那一片区域，尖声大叫：“Bazinga！（注：来自美剧《生活大爆炸》，是“骗到你了”“逗你玩儿”的意思。）”

那，如果当初，被送走的人，是我呢?

在决定接王子颜回家的那个午后，王子颜把她的故事告诉给段宣。段宣也把她知道的一切讲给王子颜听。

如果王子颜再不走，段宣就要开始绝食上演傲娇公主的戏码了。

尽管不喜欢她，但却从没想过利用她或伤害她。

王子颜却比她固执："但是双胞胎的肾，用起来比普通人提供的要好吧?"

双胞胎什么的，大人真的懂吗?

但是心里的城池，却在不知不觉中一点点崩毁。一直说无所谓不care没什么是因为自负啊。"我是比较强的那一个，这点挫折毁坏不了我，一切都可以解决的，那些看起来很糟的事就由我来背负好了。"但是实际上你能做的只有那么多，智商也就那么一丢丢，堆压起来的分内之事只能潦草解决。然后就很愚蠢地自己把自己给毁了。

人对人终究是会腻的。只是对奇葩腻得要晚一些。

如果对方是自己的家人呢?

电话"嘟嘟"地响。然后转成冰冷的女声："你所拨打的电话暂时无人接听，请稍后再拨……"

再拨。

再拨。

有什么东西被风吹过来，贴在脸上。

电话通了。段宣有点欣喜：“允哲。”

电话那边沉默了一下，然后是带着鼻音的女声：“我是他妈妈，有什么事吗？”

段宣微笑的表情僵了一下：“……阿姨。”

“段宣啊。允哲这两天都请假了……你帮他跟老师说一下吧。”

“请假？因为什么呀？”

“因为……”女人吸了下鼻涕，“允哲他爸爸肝癌恶化，前天去世了。”

头脑中切断的碎片，忽然自己拼凑串联：没有接听的电话，抱着书过来找她时欲言又止的表情，讲班级里的笑话时他却一反常态只字不提自己的事情，在短信里讲段宣爸爸的种种不好时他的沉默……

段宣伸手，细碎的雪从灰色的天空散乱落下。

好像有很重要的东西在手里滑过。但那是什么，已经忘了。

那辆面包车是倒着开过来的。为什么是倒着开来的，已经没人晓得。

对面的公交车司机是才领到证四个月的新手，今天是第一次替班。

为了躲那面包车，司机把方向盘一拨，本来弧度不大，但地上刚刚积了一层薄冰。

整辆车都开上了人行道。

后面的奥迪跟着转弯。却没有看见站在一旁拿着电话的段宣。

她发着呆，看着那辆车撞过来。

开玩笑的吧？

她想起王子颜对大伯父之死说过的话：“死是很容易的事，恨也是。毫无指望的人生什么的，随随便便就可以。”

有人拉了段宣一把，奥迪就斜着冲过去了，撞在了路边的电线杆上。

“傻子，发什么呆呀？”

段宣回头。

允哲站在那里，撇着嘴。

“什么呀，不是那个漂亮姐姐呀。”

她狠狠地捶了他一拳，在左肩上。

手指吃痛，允哲的表情也很夸张。她看过去，原来是白色的胸花。

他脸上的表情，还是大大咧咧无所谓的样子。

她眼泪“哗”地就下来了。

“哎呀哎呀，下次当心就好了嘛，没事了……你哭什么嘛……”却是有点不知所措，手在她肩膀和头之间犹豫了半晌，还是伸向了她的胸——然后果然被无情地打开了。

“好疼……我救了你一命唉！你就不能让我福利一下吗？”

“福利个屁！变态！”

“走路要当心啊，现在的人都急着投胎的。”

段宣没有接话。两个人看着警车开过来，因为交通事故，本来就逼仄的小街渐渐变得水泄不通。

雪下得越发大了。落在地上变成巧克力一样的浅棕色。

“走吧。”允哲说。

段宣走了两步，又停下来。

“怎么了？”

她咬着下唇，挣扎了很久。最后还是恶狠狠地说：“你回家吧。我有点事。”

“什么事？”

“……”下雪了，那家伙如果一个人在外面的话，不知道钱够不够花。

“为了王子颜？她已经回家了……嗯，回你舅妈家。”

段宣抬头，惊愕地看着他。

允哲摆手：“别误会。我没和她在一起。我妈刚刚接到你妈电话了。说如果我看见你，让我告诉你，你姐回家了。”

结果还是失败了嘛。就算我说了那么多恶狠狠的话，在你伤口上拼命地撒盐，你还是选择留下来。

王子颜，你这个大傻瓜。

睫毛上，一片雪撞过来。又冷又痒的刺痛。

“啊，雪下大了。”

允哲撑开伞，花哨而又俗气的伞面，一看就是他妈妈的。他站在那里看着段宣，一本正经的表情。

“我之前一直觉得，认识的人越少，当他们离开的时候，你付出的悲伤越少。”

风哗啦啦地吹起来。六角菱形的雪切割着允哲的声音，段宣闭上眼，但还是听清了。

“现在我觉得，认识的人越多，他们离开的时候，你对每个人付出的悲伤越少。因为人一生的感情，是有配额的。”

他对段宣伸出手。天上灰色的云彩，像生长了一千年的山那样，堆叠起来。

“可是我还是想认识很多人，记住他们的名字。”

“为什么？”

“为什么？”他笑了一下，“只是我愿意而已。”

天空灰色的云翳，堆叠如羽。细刃一般的金色光芒，从那些灰色羽翼的缝隙里，坠落下来。瞳仁深处，忽然澎湃汹涌。

什么啊。搞得好像她有多软弱一样。

她看着允哲，笑了一下，把手伸过去。

“×！好疼！段宣你个神经病！”

“神经病你别缠着我啊神经病！神经病下次英语考试不要找我对答案！”

“老子每次考试都是自己答的好吧？虽然偶尔会有点不自信……”

“呵呵。”

“呵呵个屁啊！你往哪儿走？”

“回家咯！吃好吃的鱼……”

“回家？回家你拉我做什么……哎呀撒手！大哥！好疼！”

死是很容易的事，恨也是。毫无指望的人生什么的，随随便便就可以。

然后，开心也是，喜欢一个人的心情也是。忽然间就想要活下去什么的，完全不需要理由。

只是相信，黑暗的调子放完之后，下一首一定是欢快的歌。总有一天，会有好事发生在自己身上而已。

你也是，一样的吧？

入境

冯天

冯天

上海最世文化发展有限公司签约作者

熬夜积极分子。

已出版作品：《杀手婚礼之路》《恋人以悲伤为食》《我错过的人都很幸福》

一

一年前的我，并不在这里。

那时候的我还待在一个滨海城市，每天早晨醒过来时都觉得鼻腔里被塞满了食盐，不快的因子呈白色颗粒状地把可以呼吸的范围减到最小。就连睁开眼睛醒过来这样的动作，都可以持续许久然后不断地重复。

在快要接近冬天的时候，竟然还遇上了一场台风。它的威力好像只存在于夏天，“一雷破九台”这样的大阵仗并没有出现，只是连日下了一片灰雨，天空暗沉得像被磕掉了石灰的水泥墙面。

宿舍安置的简易窗帘对于窗户是心不在焉的，每次要对齐它们的时候，总会在某一端留下一条间隙。只好举着撑衣杆小心地挑拨，把不合的褶皱都扯平。更多的时候我直接放弃了，入睡前躺在床上透过唯一留给我的那条缝，看着对面彻夜灯火通明的工厂厂房。

他们下夜班的时间，通常都在凌晨两点。

我见过他们加班后唯一的补贴，一袋豆浆还有一块包装简陋得连物品本身都会羞于见人的面包，只有在食堂师傅偶尔心情好的情况下才有加餐的可能。不过也只是一碗白面。

——说是白面可能也有点冤枉它，至少还是有撒一点葱花的。

有时候在工人们都睡着之后，我就会听到一个强烈的声音，它在夜里无比清晰。我的血管和呼吸都伴随着这个节奏收缩，比一种变相的尖叫还更刺痛耳膜。

平稳而隐秘的凌晨，是与内心完全相反的一个世界。

也是从那个时候就开始知道，夜和这个世界一样，是没有尽头的。

二

这是我毕业后的第一份工作。

在贸易部负责为这个鞋厂订购包装物：鞋盒、隔板、包装纸、防霉片、吊牌、洗水标、外箱……我低着头看着自己脚上的这双鞋子，完全记不清我买它的时候，那些拆开后就会立马扔掉的东西。

这些限时垃圾在我的工作中摇身一变成了白金客户，有时候打几通电话发几遍询问邮件只是为了确认产地标印刷在鞋子的后套还是内里，内里的左侧还是右侧，左侧的前段还是后段……怎么看怎么像是被整了！但是要上流水线的东西，就是要这么地事无巨细。

几百个工人每日机械地操作的指令是由我发出的，我像是个名义上的罪魁祸首在扼杀着什么。

其中当然包括了自己。

工作是家里安排的，在我毕业后回家放行李的第三天。

“已经帮你找好工作了，家这里也有厂子，不过你要去那边的工厂。明天搭厂里的车过去吧，只要七个小时就能到了。”

父母总是有一种奇特的本事，他们可以在表面上和你风平浪静地吃饭看新闻，然后在碗筷刚刚撤下去，桌子都还没来得及擦完时就告诉你，他们帮你做好了一个重大的决定。在这之前你是寻不到任何苗头的。好像只要经过他们的商量，这个世界便没有不可行的事例。

我只是回来歇一下脚。自作主张得也太过分了吧，有没有在乎过我的看法，我真的是不想去啊……心里迅速地快进了一遍咆哮后，我却懦弱地回答：

“可以啊。”

三

“好好活下去”和“就这样活下去吧”是同一个意思吗？

我看着因为台风阴雨天而被打湿了的六箱鞋盒时，不禁这样问过自己。瓦楞箱子的四角被雨水泡得松软，用手一戳便凹成了比甜点造型更松软的样子。

这种鞋盒是需要订制的，而且到货周期非常长，在等不及新的替换上来时就要开始包装了。并不是因为我的过错，我却要来解决这个问题。最后我只好抱着这六箱鞋盒，在工人们都下班之后，放在流水线上烘烤着。

在这个过程中我开始数落起这座令我分外讨厌的城市：让人完全听不懂的本地话；当地人排外的风俗；清淡无味的饮食习惯；开着小超市的老板兼营了一个报刊亭，刊物上堆积的灰尘厚得能用手压出个轮廓；甚至连公交车的随叫随停都是破烂不堪的！它是多么地不适合我，而我却说服自己每天早上醒来时难以压抑的逃离感的源头，只是腥腻的海风。

“好好活下去”和“就这样活下去吧”绝对不是同一个意思。这不应该是不停地碰撞挤压只会烂在肉里，一直被袖子遮盖的结淤。

就连被烘烤后的盒子的四角都能变坚固的长方体，这一刻我的身上，却没有一个这种硬度的决心。

“我想做我喜欢做的事情。”第一次敢向父母吐露自己反复咀嚼过无数次的“意愿”的本意。

回家的七小时高速公路行程里，需要经过五十多个山洞隧道。每过一个我就像蜕了层皮的蛇，每擦破一层皮肉之后便生长出能吞食更大的梦想的躯体。

但在辞职回家的那个新年里，我的确有点像被父母说中般地无所事事，重新打开文档想写点什么，但是都无法奏效。

天生的懒惰和自我否定又占上风了，每当我写下第一句话的时候似乎就预感到这个故事会失败似的，离开了学校像是离开了福地。再也没有了蚊帐上的蚊子血，也没有了硌人的床板，不存在需要在断电之后靠着笔记本微弱的电力再抓紧写一两个小时的苦涩……我面对前来拜访的断层带束手无策。

第一次鼓起勇气做出的决定，就要变成残次品吗……

四

反正哪一条路都是没有退路的吧……可以折返的人生比闷头向前需要对自己更多的精神喊话。这种骗人的话每对自己喊一次就如同静脉注射后都会回血一样，露出端倪的血丝，让人联想起底下贯穿全身的错综复杂的根系。

半年前的我，也还不在这里。

裤子口袋和贴身的包里揣着家里给的钱和银行卡，三千多元。对于一个并不富裕的家庭，虽然表面上没有表现出很看好我的前往，但已经在物质上给了我他们所能尽力提供的。像是把接力棒传到了我手中，接下来跑出什么样的成绩，都要以我撞线为判断了。

因为好友的邀请，我在过年后去了现在居住的城市工作。所从事的工作多多少少也会和印刷厂来往。菲林、印张、彩页黑白夹子、封面压膜……每个行业总是会出现属于自身的专业名词。

我不知道有多少人在购买了杂志之后会第一时间撕掉透明封袋和扔掉读者调查表，至少我这样做过。在印刷厂里我再次见到了这些，由至少二十个工人齐心协力，八小时不间断工作，一天也只能打包大概一万本的限时垃圾。

随着书本的成品一同栖身于报刊亭书店的包装物，在被读者购买后马上随之被丢弃的，限时垃圾。

一直觉得会被刺痛的某个神经末节，再度缩紧了。相似度极高的悲惘和无奈，它们又来了。

五

接到入围 TN2 四十五强的电话通知时，也是恰好在印刷厂。机器的轰鸣声导致我错过了第一次来电。

当初在发送出报名表的邮件前，是犹豫过很久的。心里好像模拟出来了一个自己，用食指和中指当作两条腿，绕着盘曲的不规则线形迂回了一遍又一遍：写作灵感都是在深夜，可能不习惯白天的比赛安排；速度超级慢，写不顺的时候一天都完成不了五百字；功底薄弱，文字没有值得重复阅读的美感……

什么都不行，那为什么还想来比赛？

我也这样不断地问过自己。

踏上去北京的火车之前，我把买过的她的书全部都平摊在床上。

八本图书，其中有三本是再版的。最老的那一本从连载开始算起，已经是存在于六七年前的记忆里。就算努力地倒推也无法再准确地回忆出那时候的心境，只能在幼稚地用原子笔做过标记的句子里，从已经毛糙泛黄的篇章页上，触摸到一直喜欢她的那份完整的连续。

还是想去见她的吧。即使并没有一条确切的消息能够向我担保去北京就能够遇见她。

她的自架博客一直都关闭了评论系统，后面疏于打理而暂停更新了；签售会更是办得非常少，千里迢迢赶去见一面也太过于疯狂和不现实；面对这样不理智的脑残粉丝，性格直爽的她可能会在当面说“谢谢你的支持”，心里其实在咀嚼着“喜欢个屁啊”这种感慨。

即便是喜欢她，也是要被她允许的。

我已经记不清喜欢这样的她大概多少年了。小城镇里的杂志阅读来源，都在一角钱一天的租书店。没有任何挑剔的余地，只有《新蕾》和《花溪》这两本刊物，稍微犹豫一下就要被人给借走了。“想要写文章”“想要写得像她一样好”……这些不切实际的想法便是在遥远的过去埋下的种子。

没有零花钱的时候只能挤在昏暗的店里看她的文章。性格腼腆的我在这个时候甚至会毫不妥协地与别人争夺那个唯一有点阳光照射进来的窗子的角落。她给我和更多的人搭建起了宽广而独特、隐晦又浅显的一个星球的形状。

六

每当看到 TN2 现场赛中的那些照片，落落都算是哭得最惨的那个。

没有经历过的人说不定会随意地翻阅着别册上的照片，轻松地拖动着现场赛视频进度条调侃道：“要不要这么煽情啊，有那么残酷吗！”如同影院抽离的观众观摩一场苦情戏。不会有通感的悲伤，只好用揶揄来打发面无表情的时间。

比赛的残酷到底在哪儿呢：赛制的复杂，创作时间的短暂，淘汰比率大，题目难度高？残酷的源头真的是在这里吗？其实并不是吧……那么敏感而饱含同情心的她，其实早就认识到了残酷的根源吧。

当你苦思冥想解题的切入点时，早就有人安心地睡下了；当你在所剩无几的时间里反复修改一句话时，早就有人顺畅地写完了；当你经充分准备完成的文章发挥惨淡，而另外的人只是临时进入状况就能完美发挥时……每当这些发生时，就像被一把尺子从头到脚丈量过了。

“我真的很努力了。”

“为了能写作，我放弃了很多。可以说是背水一战了。”

“要是不能往前一步的话，可能从此就会把这样的梦想当作一件无比奢侈的事情。”

“你们能理解吗？”

本不是差劲的人，却只因为和更加优秀的人站在一起而被迅速地对比和湮没了。几个人和一群人，被叫作才华的这条红色警戒线迅速地划分了 ABCD 不同区域，而自己只能被隔到只可远观的距离里。

“我真的很努力了，可是好像还是没办法啊……”

七

现在的我，勉强站在了这里。

时间是 2010 年 12 月 31 日，地点是外滩二号的华尔道夫酒店，人物是最世公司旗下几乎所有作者和团队。而事件呢……有很多精彩的可以写。

例如卡卡、Kay、小青在接送我们的大巴上反复提醒我们要注意的事项中的一条：千万不能喝醉了，华尔道夫的地毯有着上百年的历史，要是弄坏了可是要按每平方厘米多少美元的天价来赔付的。

上海能奢华到什么程度，相信一直在看小四的《小时代》的你们肯定有集成的印象。就像某次采访有记者问到他，为什么他要去写一部物质和人性都有极度落差的作品时，他平静地回答：“作家所做的就是呈现一个真实的世界，我呈现的上海就是那个样子。一个非常推崇名牌的城市，生活以金钱为王。如果你不成功，没有地位，在社会上就会被歧视。我不愿意去粉饰这个赤裸的现实。”

几乎等于站在上海心脏部位的 TN2 十五强，也应该领会到了这种难以言说的复杂感情。由于整体实力高和个人风格明显，被小四所喜欢被编辑们所宠爱的我们一直享受着前所未有的众星捧月般的殊荣。连参加年会这种只有出书作者才能享受到的待遇，我们也一并经历了，甚至还得到了更多。

而当我们穿着不正规的混搭衬衣，踩着颜色鲜艳得令人难堪的球鞋，在大牌云集的年会上，我们忽然变成了沉入湖底的朔月，变成了太阳系里最不起眼的尘埃星屑。

曾经用来把四十五强与十五强，也在十五强内部划分等级的那条名叫“才华”的红色警戒线被重新布局了，用更大的差距来归纳出阵容。

就连被身为好友的我羡慕的、被誉为参赛作品代表本次最高水准的颜东，好像也被圈回了我们身边。落后他的那一段距离对比起前面更多遥远的身位差，反而被烘托成了一种亲切感。

这一边是我们，而那一片是有点望尘莫及的连绵山峰。

年会的抽奖环节，一二三等奖名额加起来有十六个，覆盖了总人数的五分之一。而十五强却没有一个人被抽中。这种完全是单凭运气的纯概率事件被我们敏感地当成了一种理所当然的默认，自嘲而小心翼翼地讨论着——有点现在还不配来参加年会的尴尬。

私自在心里把年会的几要素重新归纳了：时间是2010年12月31日，地点是外滩二号的华尔道夫酒店，人物是最世公司旗下几乎所有作者和团队。

而我们并不在“人物”的范畴内，而比较像是幸运地进入了内场的游客。还只是目睹了这一场盛举的见习生。

年会之后的钱柜庆祝，十五强多多少少有些不想去的心照不宣。KTV包间入座后，我们自觉地站在远离沙发区和点唱机的角落里，不敢去参与灯光下的精彩，即便是练歌房内柔软模糊的灯光，也会让我们显得更单薄弱小。

小四在照顾好公司的老牌写手们落座后就端着酒杯过来看角落里的我们。他亲自帮我们一一满上杯子，然后拍着我们的肩膀让我们去融入气氛火热的局。

看到我们脸上略微的迟疑后，他还是笑着拍了拍大家的肩膀说，谁没当过新人啊。口气自然得如同平时攀谈中，顺便无意识地摘掉落在你发梢的尘屑。

却也像是一句点破石化术的咒语，把我们敏感脆弱的内心给小心拨开了。

八

是还比不上，是还不够好，论才华的话可能也是缺少点。

但真的就是一直难以逾越，保持着不可缩进的距离直到终点了吗……

如果没有全心全意的准备，那么现在的我只能一直活在半年前的遭遇里；如果没有博弈般地孤注一掷，那么半年前的我可能也一直被拖磨在一年前的困境里；如果没有在多年前那么炙热地仰望过那些天体，那么现在的我会在哪里？

如同在最后撞线后，回头看着只有两百米周长的坑洼跑道，秒表里并不耀眼的成绩还是记录了我跑过这段一圈又一圈长远的距离。

“我真的很努力了。”

而这些努力并不是没有获得回报。它们化成过两份独特的邀请函带我入境：一份是淡蓝色的 TN2 北京现场赛邀请函；一份是烫金色上海华尔道夫酒店年会邀请函。变成了我生命中特殊的结绳记事，在我曲折的轨道上刻下了重重一笔。

天生就欠缺的，后天又落下的，叠加在一起是延展到了世界的尽头的公路。

“我真的很努力了，可是还是远远不够的吧。”

只是希望每一天醒过来，都能见到更加优秀的自己。

恋人啊！

叶阐

叶阐

上海最世文化发展有限公司签约作者

擅长连载，不擅长摄影，长期住在公司。

已出版作品：《当我们混在上海》《单人床上的忏悔》《纯禽史》系列

是这样的，那天是个阴天，虽然已入春但气温只有3摄氏度。拉开窗帘，房间里依旧需要开灯才能有充足的光，但我认为白天最好还是不要开灯，于是我待在昏暗的房间里。

没有吃早餐，只是空腹喝了杯咖啡。

我住19楼，玻璃窗紧闭着，上面笼罩着雾气和水珠，所以我看不太清楚窗外的一切，窗外除非是晴天，否则这灰色的景观看了只会让人心生绝望，它现在就是灰色的，并此起彼伏地发出疲倦的噪声。

后天是交下个季度房租的日期，一共8000多块，想起这些钱其实买个实实在在的iPad2绰绰有余，但都搭在光阴似箭的房租上了。

然而这一切都不足以让我感到绝望——网络上正转发着日本地震、海啸、核污染的话题，我忽然意识到一件事情：如果灾难到来，我能够与谁一起逃难呢？忽然间举目无爱。

撇开986.9公里以外的家人，首先想到的是同在上海，住在与我距离大约五公里的大学同学，但立马又觉得选择他一起逃难似乎不太妥当。

我了解自己的每一个朋友，知道他们身上所存在的利弊点。假如海啸就快要到来，我对他说："我们得往高处逃呀！不然会被海水淹没！"

他会淡定且坚定地看着我，对我说："我认为我们该去地铁站。"

我惊诧地问：“为什么？”

“你知道中国有多少人吗？也许我们正在楼梯上往高层爬的时候，就会有人从我们的头上踩过去，我们被淹死之前已被踩死，即使不被踩死，楼上那么挤，也会被人从楼上推下来摔死——因为那个时候每个人都是失去理智的。”

“那你想怎样？”

“我认为我们应该先坐地铁去上海南站，再从南站坐火车去杭州。”

“什么？”

“去晴朗的西湖边坐坐，吹吹风。”他说，他一定会这么说。

更何况灾难到来他现在第一个想到的人，可能不再是我，他最近搬到他喜欢的那个女生的对面去住了，在那个女生并不知情的情况下。那是一位将他抛弃了一万次的，沉迷于网络游戏、热爱泡酒吧、喜欢到处玩，内心却相当自闭没有真正朋友的国字脸女酒鬼女烟枪。我设想“海啸来临我和那女酒鬼女烟枪同时掉进海里，他会救哪一个”的场景。毋庸置疑他一定先救那个女酒鬼女烟枪，即使他和她才认识三个月不到，我和他已经五年的交情——够了！我是不会找他的，尤其当我想到自己可能在性命攸关的时刻，竟然输给一个沉迷于网络游戏、热爱泡酒吧、喜欢到处玩，却相当自闭没有真正朋友的国字脸女酒鬼女烟枪时。

撇开大学同学，逃难计划B是选择与我相距十多公里的前邻居。

聪明过人的前邻居，我和她已认识两年。她最向往自由和快乐，鄙视做金钱的奴隶，但最近可能不太好联系到她，因为我亲眼见证她的手机坏掉了。

那天她坐在我房间的沙发上和我聊天，伸手去抓茶几上的咖啡杯时，她黑色的手机从腿上滑落，掉在了地毯上，捡起来之后屏幕就再也不能亮了，也不能发出任何声音，变成了一块沉甸甸的黑色塑料。

"终于坏了，我终于可以不用忍受它了。"她说。

"拿到楼下去维修一下。"我说，"楼下有好几个维修手机的店子。"

"修不好了，这就是火车站附近买来的山寨机的命运！"她说。

"不过……"她接着说，"我终于也可以不用和任何人联系了。特别是我妈妈，她现在比我还着急，每个星期都给我安排好几次恼人的相亲，现在她终于也找不到我了。"

"那我怎么联系你呢？我们不是约好下周去十六铺看看吗？"

"我们暂时只能用电脑联系了。等我拿到这个月的薪水了，就去买个新手机！坚决不买山寨的了。"

她上班时会用电脑，但她几乎不登录任何在线聊天软件，她就是这种个性，我只能靠电子邮件和她联系了。也许在灾难即将来临时，我会给她发一封"亲爱的，是否一起逃难？如果可以，那么几点几分？貌似坐地铁比较方便我们会合，那在哪个地铁站见面？几号出口？”的电子邮件。

但以她从来是不羁的浪子，从不屑于整天待在电脑屏幕前的性格，邮件发出去，三天后才看到电子邮件也说不定（比一封中国邮政的市内平邮还慢）。当然，如果“第三天”大家都尚存的话。

两个想象出来的逃难计划均存在看得见的失败，接着又翻了翻手机的通讯录，似乎再找不到更合适的人选。有的人离太远，有的人应该有他们自己的首选。

难道灾难降临，只能一个人寂寞地逃亡吗？躲在人群里？在人群里又怎样？没有能在一起抱紧的人一起逃难，心不会是热的，即使死里逃生，也不屑于回忆。

想来想去，唯有恋人之间，在灾难来临那一刻，能够不偏不倚——你看着我，我看着你，握紧彼此的手，说：“我相信我们可以渡过难关，走下去！”

当有地震的震感时，快抱紧了说：“与你一起度过不幸，是此生中的万幸！”

当海啸席卷而来时，快抱紧了说：“如果爱情只剩一丝呼吸，即使排山倒海，也为你而来！”

灾难降临，在平日的忙碌中忘记了初衷的恋人们也终于开始学会珍惜对方，赌气的不赌气了，吵架的也不吵架了，还有什么矛盾比眼前的灾难更值得放在心上？

有爱情很好。

但灾难不再来临，最好！

那些

爱情大鲨鱼

野象小姐

野象小姐

作家

一场暴雨，一个激灵，如此野蛮往复的人生。

已出版作品：《家住南塘路》《午时风》《白夜森林》

妹妹交了奇怪的男朋友。她最近不涂指甲油，吃饭不抖腿，回家不大力摔门，甚至不用美颜照片疯狂刷朋友圈了。

“你不担心她吗？”一个目测身高180+的男孩拉了拉书包带子，问我。

下午三点半，闷热巅峰时段，我从吧台后边抬了一眼：“听着，像你这样，放学尾随佳佳、自以为是护花使者、贪恋少女美色，又胆小如鼠的家伙我见多了……”

“姐姐你很正，不要变韩剧里的可恶二姐。”他说，“我是杨佳佳的后桌，跟她一起罚站过。叫我阿飞，英文名Fly with me，英文名越长越有贵族气质，像我本人这样。”他挑眉。

“Fly with me？什么鬼？”

“你店里一个客人都没有，只能做我的生意了。”他拿了点餐单，乖乖地退到最远的桌子边。这小子左一个姐姐右一个姐姐，叫得我怪恶心的。杨佳佳作为正牌妹妹都没正经叫过我几声姐姐，每次都是直呼大名“杨大雪”。

“喝什么？”

“姐姐，这里最贵的是什么？”

我在小区楼下开了间咖啡馆，叫“一万口新鲜”。朋友们劝我说一定赔钱，说你不至于吧，守文艺梦呢。我说有一天当我发现我想要的每一样东西都不贵，那无所事事就是我最好的人生节奏，我讨厌青春期。他们哈哈哈哈哈地笑起来，我对这群自大狂翻了个白眼说，我就是随便开个店给我爸公司避税喽，你们闭嘴。

二

正打盹儿呢，被“哐哐，哐哐，哐哐”持续开关门的声音吵醒。门口涌来的大团强光弄得我睁不开眼睛。“Surprise！”阿飞身后黑压压的二十多个人直愣愣地看着我，整齐划一，“姐！姐！好！”

我一恍神没站稳。“这些都是我的人，大家自愿来帮衬漂亮姐姐，有人气才能有氛围，有氛围才能有生意，有生意姐姐才开心嘛。”他边拍手边吆喝，极富主人翁意识，“这就是我跟大家说的漂亮姐姐，大家随便坐，三人一伙，五人一堆，别推别挤，讲究纪律……”

我忙得团团转，第一次有成功人士的错觉……这个下午托了他的福，生意好到爆。

我问阿飞，怎么刚刚听他跟大家说，我是他的姐姐？他说没办法，如果说是杨佳佳的姐姐，大家就都不来了。

这丫头人缘真差啊。看他饱含渴望的眼睛盯着我，我便主动分享了杨佳佳的近况。我说，有一次路过她房间，听到她在讲电话，声音甜甜的，应该恋爱了。阿飞急了，问都讲了些什么。

“小情侣之间的话。”

“比如呢？不要怕伤害我！快说！”

“‘我今天会认真写作业的，明天也会，后天也会……骗你是小狗。’”我学杨佳佳的嗲声。

“假的吧，杨佳佳最不喜欢这些肉麻话了。”

“‘我答应再也再也不打架了，好的嘛，我都听你的。’”

“她也答应过班主任以后不打架啊！”

“‘你不许太累哦，老、师。’”

这家伙断了话茬儿。我回归自己的音色：“你们班主任姓什么？”

他一副吃大便的表情，呆立在原地：“徐……”他狠狠地摔了手里的书包，冲出门。这人发脾气的样子太好笑了，头发本来就精神地翘着，发脾气像通了电，“刺刺刺”根根如箭。长手长脚的小伙子，一生气整个人鼓了一圈。

“你妹跟老师谈恋爱你管不管啊！”他突然折回来，“啪”地推开门。

“了不起，我也跟老师好过啊。”

为什么我讨厌青春期，这个只有韩萱知道。她是我曾经的闺密，也是整天“梦想梦想”“自由自由”挂嘴边的自大狂之一。我们说好逃课去大芒山，疯玩一通回来发现她是提前交了论文、请好假去的；期末考试结束，她梨花带雨地说体育不及格是因为体育老师追她被她拒绝，我当着许多同学的面大骂：“猥琐！”接着我也变不及格，她大笑：“终于有人一起垫底啦！”大三的时候我跟我们班导师好了，一个儒雅的人，吃饭坐下前永远先替你拉椅子，我警告她不许告诉任何人，结果一次她喝大了，站在桌子上一把鼻涕一把泪地对全班同学说：“我的雪雪总算有人疼了，张老师人呢，张老师你要对她好！”第二天我们就吹了。

她说：“爱情除了用来讨好自己还有别的用处吗？”她鼓励我陪她一起与各自感情寡淡的男朋友分手，一个月后她和我那个男朋友拥抱着去新西兰蹦极了。**“青春”，我不擅长，我在其中吃闷亏，受大伤，不觉得美好。**绝交三年，回想起来仍然心有余悸。现在，我最讨厌的青春正发生在杨佳佳身上。

二

“哦，张寒飞啊。”杨佳佳食指卷着耳机线，晶莹的指甲抠抠耳垂，嘴里嚼着泡泡糖，“他家挺有钱的，你应该让他点五百块一杯的猫屎咖啡。”

“你心比我还黑。”

“他的钱不买咖啡，就拿去给我买礼物了，没一个是我喜欢的。”

她跟韩萱是一样的角色。杨佳佳今年高二，在她们班是讨人厌的类型。

三

“确切地说，是被女生们讨厌吧，因为她有钱有势有性格，还长得漂亮。”阿飞接过猫屎咖啡，汽水般灌了一大口，“你们家基因真好，妹妹美姐姐也美，一个像夏天一个像秋天。”他来店里套近乎不下五次了，除了杨佳佳还是杨佳佳，最后不忘粗暴地夸我一句。

我不屑地一抬眼，从吧台里举起一杯冒冷气的冰饮给他：“送的。”

杨佳佳和我是同父异母的姐妹，十二岁以后才生活在一起。我们互相没好感。小时候我爸把我往“公主”的目标上培养，让我学钢琴学书法学跳舞学油画，可惜天资愚笨什么都学不好，最后成了半吊子。我爸对妹妹是放养政策，她爱学什么就学什么，最后也变成了半吊子。可是她继承了她妈妈讲究的仪态与看人的眼神，成了优雅的半吊子。

“她小时候最爱干的事就是把芭比娃娃掰成一段一段的，抽屉一打开，哗啦啦全是断手断腿断头。好恐怖。”

“她一定特别缺爱。”阿飞握着青柠柚子茶嘀咕。

“她一哭我爸就飞奔过去抱她，她一笑我爸差点买下半个麦当劳乐园，三个保姆追着喂饭她才吃半碗，你说她缺爱？”

“我也愿意这么对她。”阿飞眼睛闪闪的。

我对我妹在学校是什么情况没兴趣，但是这小子如果能每天来消费，再带些人撑起日营业额，我对我爸也好交代。“这个好喝！”他指了指手里渗冰珠的玻璃杯，露出一口白牙，几颗青柠檬在冰块下来回地浮动。

“算你品位好，这是杨大雪氏尊贵伯爵十九代秘制限量青柠柚子茶，消费过猫屎咖啡的 VIP 才喝得到。”我爱腌制青柠蜜柚酱过夏天，用玻璃罐密封，两个礼拜后风味绝佳。我活到二十七岁仅剩的少女心，我只泡给自己喝。

“名字这么长！”

“越长越符合它的贵族气质。”

正说着，门被推开了，是严岩。他穿着从不打褶子的高档白衬衫，急急地向我走来，手里攥着串钥匙：“快，走吧走吧去吃饭，没时间了。”

“啊？”

“我奶奶大寿啊！”

“怎么不提前说一声，礼物都没买呢！”我惊慌失措。

“我路上买好了，快走快走。”

“你的礼物又不代表是我的礼物……好歹让我换件正式的裙子吧。”我指指身上的口袋T恤，他一把抓住我：“别换了，我家亲戚哪个你不熟？”

“好好，等我把围裙解了，你别催嘛……”

“就你磨叽，车还没锁呢，你快点。”

我赶走阿飞，被严岩像收破烂一样拎走了。他是我未婚夫，是本城颇有名望的骨科医生，曾毅然拒绝了院长女儿的示爱，选择了我，令我自信爆棚。加上他有点像皮肤光滑的刘翔，挽着他走在路上就跟挽着奥运冠军一样骄傲。我爸生意做得好，不指望我给他找门当户对的联姻对象。他脊椎不好，认为找个骨科医生做女婿正好，减少未来的健康投资。我现在每天都在倒数，盼着11月大婚告成，抱得美人归。不过他平常太忙了，火急火燎突然空降是常事，像扔炸药包一样把我空投向各大场合。据阿飞回忆，那天我看起来就像一个委屈的小型旋风，充满破坏性又毫无方向。

“姐姐，你在姐夫面前那㞞样，有一点点损伤你在我心中的权威形象哦。”

“你懂个屁。”

四

杨佳佳来问我拿钥匙，和张寒飞刚好撞见。杨佳佳抬手打招呼，钥匙哗啦一响："你跟我姐认识啊？"

"不认识不认识，我经常来喝东西……"

她狡黠一笑："姐，这是我同学，别给他打折。"

回家后，经过楼道我听到杨佳佳又在打电话，约"他"去潮安路的冰激凌店。我掏出手机，告诉了张寒飞。三秒内手机屏幕亮起："明天下午六点跟踪模式开启。不见不散。"我飞起手指回："以后日消费额不低于两千五？""成交。"

什么时候我变死心塌地的阿飞党了？冥冥中感受到上升金牛的拜金牵引。

入夜的晚风，暖烘烘的。冰激凌店被一排白漆木栅栏围住。小院子中几口粗陶大水缸，养着钱币大小的绿萝，还盘桓着爬山虎与夜来香。花坛中几盏阑珊的灯藏得深，幽幽暗暗。人们有的吃饭，有的低语。

我妹真好看。她靠在树下的单车上打电话。长得乖巧，奶嘟嘟的，顾盼间却透着桀骜。大长腿翘着搭着，时不时抖两下，简直是个二流子！一头漆黑的长发倾泻下来，柔化了鲁莽感，像武侠小说里集万千宠爱于一身的刁蛮小郡主。

她一直打电话，一会儿撒娇，一会儿发飙，一会儿哈哈哈哈哈狂笑，没见挂断。

“快七点了。”阿飞抬手看腕表，“那浑蛋放她鸽子。”眼睛隐在树影中，与平日的吊儿郎当比，多了一分悻然。自己女神当着自己的面，高高兴兴地被耍，换谁谁生气。我说我去上趟洗手间啊。他说好。我回来，我妹不见了。

“人呢？”

“啊，走了。”

看他心事重重的样子，我拍拍他肩膀：“不来总比来了好，看了心烦。”

他点了点头。初夏的树荫已经藏起了蝉声，不热烈，但清悠。他突然问：“姐姐，上次你说，你什么时候结婚来着？”

“11月啊。”

“跟那个骨科医生吗？”

“帅吧。”

“一般吧。”

“哈哈你还挺牛！红包别包太大，几万块意思一下就行了。”我笑嘻嘻地说。

之后，阿飞偶尔来店里晃两下，不及之前热烈了。初夏，除了待在店里我哪儿也不想去。从玻璃门望出去，街上的长椅、霓虹广告牌、郁郁葱葱的树荫、黄色垃圾箱，一切都是浮动的、蒸腾的。我喜欢我的生活节奏，做着一份“正经事”，等着一张“爱情证书”，猫在吧台里追美剧、日剧，一个个下午轻松混过去，成功挡住了人群与压力。

6月快结束时，张寒飞把徐老师给打了。

五

据说，张寒飞伙同几个男同学在天台抽烟，被抓了现行。班主任徐老师把他们领回办公室，罚站到天黑。不知道什么原因起了冲突，阿飞本来就看徐老师不爽，冲上去就揍。徐老师被打骨折，送进了医院。

“我快被开除了。”

“让你爸拿点钱捞你呀，实在不行换学校。哪里念书都一样，反正你都考不上。”

“不行，我一定要待在这个学校！不能给其他男人靠近杨佳佳的机会。”

医院铺位特别满，徐老师现在还连人带床睡在走廊上呢。这个烦鬼央求我动用我男朋友的关系，让徐老师插个队，示好后可以松口不开除他。

“那你当初别打他呀，现在孬种求他，多没面子。”

“男人总得为冲动埋单。”

“徐老师应该算情敌吧？”

“为了能留在杨佳佳身边，我牺牲一点算什么？我爸说能屈能伸，是做大事的料。”

真够没脸没皮的。

我跟他一块儿去了医院，打电话问杨佳佳去不去，她说她去干吗。

哇，假装不关心绯闻对象徐老师，也不迁怒肇事者阿飞，置身事外的本领真厉害。徐老师没什么特别的，戴眼镜，看起来像教物理的。一问，还真是教物理的。严岩来安排了一下，说先忙去了，就离开了。阿飞和我一前一后地走着。

“姐夫平常都这么忙吗？”

“对啊。”

“你俩有感情基础吗？”

“我们处了三年好不。”

“他走来走去，都不看你。假装自己很忙似的……”

“喂！他很忙，小男孩有什么资格评价成年男人啊，大人世界的压力你懂吗？！”阿飞莫名其妙，弄得我有些气了。

不远处一个女病人在练习走路，她小心翼翼地伸腿，护士站在一边时刻准备扶。那病人却一把抓过严岩的胳膊，借势倒在他怀里。

“这种揩帅医生油的女病人真是无孔不入……”

等等，那不是韩萱吗？我忽然像吃了一记闷棍般愣住。

关键是，严岩没有礼貌地推开。他抱住她，握着她的胳膊肘，笑着在说什么。韩萱扬起小白月亮一样的脸，笑意盈盈。

阿飞朝我的眼神方向看去，没出声。

“你作为一个很直很直的直男，客观、严厉、公正地回答我，前面那个女的和我谁更漂亮？”

他颇负责地定神看了几眼：“她比你瘦，腿长，但你颜值高……我选你。”我感激地看他一眼，鼓起勇气走过去。

“腿坏啦？”后面紧跟的“bitch”在胸腔中拉起号角，忍住没说。

“杨大雪！”她雀跃地一把抱住我，尖叫声令一条走廊的人都捂起了耳朵。

想起十六岁，我跟韩萱在学校广播站打杂挣学分。当时有个做《音乐无极限》的学长，他的节目在傍晚放学时段播。人潮如猛龙过江般涌向大门口时，天空中就响起他选的电影主题曲，配一首冷门的外文诗。动人的声音，从喇叭中流淌，伴着初秋的冷空气与隐隐的喧闹。我舍不得走，非得趴在自行车上听完才肯走。没多久，他的节目被砍了，许多同学投诉听不懂。这群傻 ×。

韩萱拥有逗满桌子人大笑的天赋，俏皮又不做作，俘获了学长的心。最气愤的是，有一回考试，高年级低年级穿插排座位，那位学长因为给她写卷子被抓，被学校处分了。他不仅不怪她，还写情书给她，情书还被她拒收。

“你就不能稍微心疼下他吗！”

“我心疼他，你心不疼啊？”

“我要跟你绝交。”

“你讲不讲道理啊杨大雪，他看上我跟我有什么关系……虽然他也不错。”

“是我先看上他的！”咬牙切齿，噙着泪把她送我的《我的心中每天开出一朵花》扔在操场铁网上。那时候不懂，**爱情根本没有先来后到，只有弱肉强食；如果有，也是心机重的先来，温柔的后到，永远轮不到发掘的那个。**

后来，当我俩同时喜欢上一个人时，悲剧的一定是我。

我学乖了，一毕业就挣脱远离了韩萱这只爱情鲨鱼。

现在，逃不掉的精彩桥段，随着韩萱的阴魂不散，似乎又要上演。

回到家，杨佳佳架着大白腿，边舀水果酸奶边看电视。她胳膊上多了一个文身，发现我在瞄，索性亮出来凑到我面前。一排心电图。“你文谁的心电图？”“不是你的。”“有本事在额头上文个王字啊。”“喏，是文身贴纸。”她搓了搓，果然刮下一点屑。

“徐老师住院了你怎么不去探望？”

“慰问老师是班干部的事，再说了，人是张寒飞打的，又不是我。”

“说不定他是为了你才打的。”

“呵呵！千万别说这种话。他本来就爱打架，外号叫什么你知道吗？‘张三架’，一天打三架呢。他一定以为自己特帅。”杨佳佳举起修长的胳膊，伸了个大懒腰，她说，“严岩今天来吗，我函数题不会。”严岩偶尔来家里，会教她写数学作业。

“喊姐夫，不许喊全名。”

“还没嫁呢，入戏倒挺快。”她冷笑一声。

“那当然了，不像你，净跟些不靠谱的人谈恋爱。”

听完我的话，她有一秒失神，我幸灾乐祸地飘走了。

六

我问阿飞：“你喜欢我妹什么？”

“她是软妹子啊。”

“她软？凶死了，跟小狼狗似的。”

“我说的软，不是磨皮磨得很肉欲那种网红的软。她白，腿长，凶的时候萌，她就是好看！看到她我就想讨好她，就想摇尾巴，谁也拦不住我。”

“我 ×。”真敢说，我忍不住飙了脏话。

这世上存在着一个“妹子遇见幸福万能法则”，你知道的吧——“要美、要温柔、要爱笑、要穿着洋装买水果时时刻刻准备去街角遇见爱”。韩萱和我妹这种人的存在，似乎专门为了讽刺千千万万个小心翼翼、处心积虑的姑娘。她们努力吃苦，一天一点进步，慢慢变好，以为离好爱情又近一步。

而韩萱杨佳佳她们，发胖有人惊呼太萌啦；饭桌上笑得喷鼻涕泡儿超级失礼有人觉得可爱；她们闯祸犯傻有人兜着，犯贱要狠也被人爱得痴迷，“玩够了会收心的，我等她”。

爱情鲨鱼们走马观花，漫不经心地收割一筐一筐的好男人，在爱情中永不失足，也永不知足。

“韩萱是你老同学？”严岩咀嚼着嘴里的牛排，嘟哝着，“没听你提过。”

“是啊，那么多老同学，一个一个哪里提得过来？”

“她挺好玩的，腿断了下不来床，就讲笑话，逗老爷子老太太笑。整层楼数那个病房最热闹。稍微能走了，左邻右舍地串门，比值班的护士认识的病人还多。你猜她腿是怎么断的？太奇葩了这姑娘，滑雪的时候……”意识到自己话多了，低头抿了一口红酒，“下礼拜约了婚庆公司，我们先试礼服，再跟他们过流程，好吗？”

“好。”我盯着桌上欧式烛台上闪动的微光，一口都吃不下。

七

“你都送过杨佳佳些什么？”我问阿飞，我忽然很想帮他。

他有滋有味地说：“香港买的全套雅诗兰黛，死飞自行车，还打了跟她一样的左耳朵骨的耳洞，还有……”

“雅诗兰黛是中年妇女用的。死飞自行车你见她骑过吗，她天天穿裙子她能骑吗？地球上左耳朵骨有洞的人千千万万，跟她有什么关系？白痴直男癌晚期。”我指了指橱窗中的西点，“佳佳喜欢吃甜点。”

“是吗？我明天就买个忒大的蛋糕送她，华丽有面子！”

“万万没想到你是暴发户思维啊。”我一巴掌扇在他脑门上。

“那要怎么弄？”

“你要亲手做。”

“……多娘啊！”

他想跟我学做甜点。我推荐他做 Cupcake，杨佳佳爱看《破产姐妹》，大胸 Max 做的正是杯子蛋糕。他说：“不行，太迷你了不能凸显我的男子气概。”我说：“那就黑森林吧，沉稳低调，里头还夹着樱桃，黑甜黑甜的多好。”他说：“不行，乌漆墨黑不浪漫啊。”我说：“抹茶瑞士卷呢，比较清爽跟安全。”他说：“不行，本少爷的爱轰轰烈烈，要那么安全做什么。”

我说：“不伺候你了，你滚吧。”他指着橱窗中的提拉米苏说：“这个好，细腻高贵符合我。”

“提拉米苏的确跟爱情有关。”

“是吧。”他自我赞许地点了点头。我带他到后厨房，告诉他提拉米苏最重要的三要素是 Mascarpone cheese、Marsala 酒与手指饼干。他聚精会神地点头，眼中写满了“听不懂”。在我的专业领域，终于可以尽情虐他了。这家伙绝非善类，平时跋扈惯了。我指着蛋黄、蛋清、淡奶油说：“先把这几样分别打松。”

“什么叫打松？”

“就是拼命地搅拌、打发。”

“那个我见过，没问题！打发器呢？”

“坏了。”

“好好！我马上弄。”

他把衬衣袖子挽到手肘，围着我的粉红围裙，开始打蛋，弄得满手都是。“还挺有模有样呢。”我调侃道。那双手摸过篮球、打过架、握过单车把手，未来也许指挥别人、数大钱、替女士优雅地开车门，现在为了讨一个难搞的女生欢心，人生头一次跟鸡蛋、奶油打交道。**爱真是一物降一物。**

“帅吧。”他头也不抬，“改天本少爷有空，给你拍一组围裙美男写真，挂在门口做广告。”

“好啊。”

“二战时，一个意大利士兵马上要上战场打仗了，家里什么也没有了。妻子怕他挨饿，把所有能吃的饼干、面包全揉进了一个糕点里，那个是最初的提拉米苏。Espresso 咖啡的苦、马斯卡邦芝士的甜，还有 Masala 酒，融合得很美妙。每当这个士兵在战场上吃到它，就想起爱人。你可以把这个故事记着，去打动杨佳佳。”

“士兵最后死了吗？”

“我不知道。提拉米苏 Tiramisu，在意大利文里是‘带我走’的意思。

妻子想追随他一起走，枪林弹雨也不怕。”

“太悲情了，晦气，会不会对我追杨佳佳不吉利。”

我没理他，低头搅拌器皿中的香甜糊糊。厨房很小，是平常我一个人钻进来的小王国。壁灯在阿飞头顶上悬着，睫毛、鼻梁、下巴投下重重阴影，一个修长的、嘚瑟的、为爱变得一塌糊涂的少年。我搅拌太久，手臂酸，眼睛也酸了。还好这家伙不吵，我们各怀心事地待着。

“烘焙是很私人的事。敲碎鸡蛋，搅拌耐心，揉面团好像揉一颗真心，反复反复地揉啊，烤箱的温度像恋人的眼神发烫。经过慢吞吞的过程，做出来的蛋糕才香。”

“姐姐，你挺好看的，有人告诉过你吗？”

八

韩萱约我喝酒，我拽上阿飞陪我壮胆。

“腿过几天就好，憋坏了。”她指指被涂鸦爬满的石膏。她就是这样，受个伤也像开派对般热闹。落座时踉跄了一下，阿飞起身扶住。她飞了一个顽皮的媚眼给他：“谢谢小帅哥，好乖哟。”这女人的一言一行令我汗毛变倒刺，分分钟气炸。

“那你快出院啊。”

“放心，我换了主治医生，我跟你男人一点关系也没有！”她噘着嘴，双手扯我的袖子，“好啦，以前都是我不对。”她招呼老板上冰啤酒和烤串儿。

“我不吃。”我抱起双臂，“烤串儿太脏，年纪大了，冰啤酒喝多了怀不了孕。”

“喂，你作个屁啊。”韩萱狠狠地敲了我脑袋一记，“说起来，我以前念书的时候，觉得爱情最诱人，帅学长啊甜蜜啊浪漫啊，对！爱情对于我来说就是闻一闻就醉的清酒，爱情多美好啊，但是太阳一晒就蒸发了。可是闺密不是。我失去过很多人，但没法忍受你不跟我联系……”

我起身，不想久留：“一句都听不下去，这么多年了，我一喜欢谁，你就扑上去吃干抹净。哦，说错了，是他们主动爱上你的，不能怪你。你问问自己，除了问我借钱、讨论男生、陪你吃饭上厕所逃课，你珍惜过我吗？”

她今天穿了一件藕粉色背心连衣裙，头发绑起来好像以前图书馆手册上的大一女生，时间没有在她身上留下任何痕迹，连眼神都是清透的。她笑着看我：“听说你要结婚，我包了个超大红包。”她递过来，果然厚得连手掌都捏不住，“不用还我了，我估计这辈子都结不了婚，没这福气。”

说完她给我一个大拥抱。这让我想起大二有一回我们去春游，她跨过河岸飞奔扑来的大拥抱。

今天阿飞开了车，我说："你有驾照吗？"他扬了扬手里的驾照："我爸的，我俩长得像。"我也无所谓了，钻进副驾驶，盯着前面被车灯扫亮的路。好像我们，总是将坏掉的感情往黑暗中归拢，以为这样就能继续光亮坦荡地前行。

"杨佳佳和徐老师之间什么也没有。"

阿飞扶着方向盘，回头看我一眼，头上几根呆毛倔强地翘着。

昨天笔记本落店里了，我急着用，借了杨佳佳的。一打开，海绵宝宝的屏保跳入眼帘。打开网页，是她淘宝的默认登录页面，购买清单排第一的是少女买的文身贴。

那种定制，需要买家提供原图图案，心电图文件名赫然写着"严岩"。

严岩与韩萱之间没什么，或者还没来得及发生什么。

杨佳佳和徐老师之间没什么，她默默地爱着她的准姐夫。

我怎么没想到，三年前介绍他俩认识，严岩教她作业，杨佳佳有时候会喊他"老师"。电话听到的老师，原来是他。虽然知道杨佳佳敢爱敢恨，但没料到会伤害她亲姐姐。这世界上爱情鲨鱼会害怕伤害谁吗？没有吧。

"我知道。"阿飞沉默片刻，说道，"上次我们跟踪杨佳佳记得吗，你去上厕所了。严岩来了，然后他俩抱着走了。我不知道该怎么告诉你，怕你难过，我也挺难过的。"

身为一个委曲求全的 loser，却连“退而求其次”的快乐也捏不住。我想着想着，放声大哭。

九

当着台下几十桌目光，严岩一袭西服深情款款地掏出戒指。我突然意识到，我对他的热情，还不及他身后桌上的一碟草莓慕斯蛋糕多。这个人怎么还能若无其事般，站在我对面，抱着娶我的决心。而我妹呢，根本就没来。

我逃婚了。拖曳着脏婚纱，大半夜鬼鬼祟祟地敲张寒飞的家门。他结巴地说：“那……那你先进来吧。”“我帮你那么久，现在是报恩的时候了。”我提着裙子进去了，大理石地板拖出一条深色水渍。他说，他爸出差了，保姆是他爸的眼线，千万不能吵醒她。

“你现在真狼狈啊。”他站在房门口无声地鼓掌。

“给我弄点吃的呀，快点。”我用气音命令他。

他靠在门框边，举了举杯子：“喝什么？ Coffee or tea，or me ？”

外面下暴雨，夜晚显得惊心动魄。他房间铺着一张宇航员图案的地毯，很厚。我跪在上面拧干裙摆的水，脱掉鞋子，吃着他煮的一碗泡面，热腾腾的。

“还没告诉你，杨佳佳把我做的提拉米苏扔了。她说提拉米苏是‘带我走’，女生送男生的，说我不懂浪漫别瞎浪漫。”

我笑：“行了，男人因为逆境才迷人的。”

他挨着我坐下，靠在床沿喝一罐可乐，耸耸肩。我们说了很多话，我说我理想的爱情是俩人在一个房间各干各的，不会急红脸，也不大声说话。如果爱一个人，有什么事值得争执呢，不是几乎没有，是完全没有。对喜欢的人保持欣赏，不需要花一点力气。更不用防着爱情鲨鱼们。说到这儿顿了下，我又哽咽了。

我不是㞞，也不是怕，而是不懂为什么我们不能找到那个全球限量、仅此一个的专属自己的人呢。爱情鲨鱼们生猛、孤独、臭不要脸，被野心与危险所驾驭，却颠沛流离，同样不快乐。被鲨鱼伤害的人，舔着伤口一直往后退，退到月光阴影里蹲下来就以为安全了。

那些纠缠的、恸哭的时间，都是活该必须去承受的。因为我们愚笨，我们不诚恳，还不配拥有一份好爱情。

也许我们该懂得放过自己，与自己和解。

等再遇见心上人，别胆怯，走过去紧紧地抱住他。

后来我在他的房间睡着了。以为他会以青春之名给我点赞，哪知他将我反锁在房间，一墙之隔接了我爸的电话：“是的，叔叔，杨大雪在我这里，她跑不掉的。”我咬牙切齿地被我爸带走了。

当然，婚也吹了。

十

这个时代犹如一个巨型的双十一，买一堆便宜的破烂儿，却没什么值得珍藏的。我很喜欢和阿飞做朋友，爱和他玩。他就像超市里的儿童碰碰车，你只需要把他放在角落，他自己会走、会跳、会给你惊喜。阿飞说：“五百块一杯的猫屎咖啡我不爱喝，我喜欢杨大雪牌青柠柚子茶。”“这个卖五百块才对。”“鬼买啊。”“我买。”

青柠与柚子慢慢变柔软，两个都适合长在夏季中的灵魂相互了解。愉快陪伴的时光，便酿成最清爽的甜味了。

直到我能忘记
你的爱

肖以默

肖以默

上海最世文化发展有限公司签约作者

痛苦是梦的一部分，人生的意义在于真实。

已出版作品：《白色群像》《骑誓·十字骑士的诅咒》《昔夏杉树镇》《时雨记》《深深》

一

我们最初是怎么在一起的呢?

没有谁对谁告白，没有谁首先提出“我们交往吧”，我们似乎就那么按照命运的安排，自然而然地成为了恋人。

那以后，每当别人问我有没有女朋友，我都一脸骄傲地说:“有啊!”好像白白捡着个宝贝似的。

如果心情好，还会主动把你的照片找出来给他们看，你长得漂亮，我也能借此满足一下自己幼稚的虚荣心。但当人家兴致勃勃地提议叫你一起出来玩的时候，我只能老实坦白，其实我们并不在一个城市。

有的人听了，立刻一副经验十足的样子说:“异地恋?不靠谱。”其实那些家伙也根本没谈过异地恋。我也懒得解释，心里却怀着十足的勇气和信念，就算不被人看好，我们的感情只有自己最了解。

即使不能一起牵手、一起吃饭看电影，但我们每时每刻都保持着联系，晚上还会用QQ语音聊很久才睡觉。如果谁出门去了，在家里的人就耐心等候着，没有丝毫不信任，也没有喋喋不休的追问，只是收到对方发来的信息:“你在回来的路上了吗?”“我快到家啦!”

这种淡淡的温暖暂时缩短了我们之间的距离，使人产生了美好的错觉。

但是遇到刮风下雨的坏天气，你在电话里跟我抱怨忘记带伞又打不到车，我也只有干着急的份儿。如果在一个城市，我一定会陪伴在你的身边吧。

我们就这么彼此需要却无能为力地相处着，声音几乎成了支撑感情的唯一基础。

现实中，你形单影只地去餐馆吃饭，看新上映的电影，到图书馆借书，孑然一身感受着身边的景色与事物。楼下的花儿开啦，某个路边的烤肉摊很好吃啦，小卖部门口的狗这几天忽然不见踪影啦……所有分享、所有温柔、所有寂寞，几乎都是通过声音传递的。

不开心的时候，你总是在耳机那边惹人怜爱地问我："抱抱吗？"

"抱着你了。"我说。

每次微不足道的安慰和无法触碰的拥抱，你都欣然接受了，似乎真的从冰冷无形的网络中获取了你所苦苦希求的温暖和幸福。

有时，你会在半夜里忽然醒来，然后毫无顾忌地给我打电话。我从没因此发过牢骚和怨言，话筒的另一头，你用略微病恹恹的声音诉说着噩梦的内容或是令你烦恼的事情，我则耐心地侧耳倾听。

尽管你总是不厌其烦地告诉我，自己不想谈异地恋，但我们仍然无法控制地持续着这种关系。我们都不是很擅长交际的人，朋友不多，喜欢活在自己的小世界里，许多旁人不能理解的烦恼，我们却能给彼此安慰。

然而，这样的感情终究逃不过时间的考验。不知不觉，我们的矛盾越来越多，吵架、分手、复合成了家常便饭，这一切都因为我们见不到面。而那些曾经包围两个人的幸福，也渐渐变成了残酷的幻影。

二

那是樱花烂漫的季节，我们趁着假期一起去日本旅行。东京总是阴雨绵绵，有次出去吃晚饭，结果迷了路，中途突然下起瓢泼大雨，狂风吹坏了塑料雨伞，我们只好冒雨跑到一家超市买了把更结实的新伞，后来终于狼狈不堪地回到酒店，一起蜷在狭小的浴缸里边泡澡边吃薯片。

我们去了上野公园和千鸟渊赏樱花，在北之丸公园附近走了很久，由于刚刚下过雨，空气中荡漾着一股泥土的芬芳。走累了，我们就坐在长椅上打开随身携带的小本子画远处的樱树。脚下落满了粉色的花瓣，不时有一两只乌鸦停在离我们不远的地方。乌鸦这东西看上去傻头傻脑，其实聪明得很，而且叫声格外惹人喜爱，实在不明白人们为什么要把它和“凶兆”联系在一起。

某个晴朗的早晨，我们坐地铁来到新宿站换乘小田急线，列车晃晃荡荡地开过一座座日式房屋，建筑物的后面隐约闪现出大海波光粼粼的倩影。我们在藤泽下车，搭“江之电”抵达江之岛站，然后徒步穿过一座长长的沿海大桥来到小岛上。那里有许多日本传统风格的民房和温泉旅馆，迎面吹来的海风夹着淡淡的腥味，某种不知名的黑色大鸟在头顶盘旋，冷不丁发出极其刺耳的叫声。

爬上一条人头攒动的陡坡，两边是贩卖各种纪念品和特色美食的店铺。我们排了很久的队，买了一份硕大无比的龙虾仙贝，好吃是好吃，但做法未免过于残忍。我眼睁睁看着店员将龙虾放进一个机器里，然后面无表情地扣上盖子，随着一阵女鬼尖声惨叫般的动静，几分钟前还像模像样的龙虾很快就被压成了一张方方扁扁、又薄又脆的“化石”。我们一边香喷喷地吃着，还得一边小心提防在头顶对美食虎视眈眈、似乎随时会俯冲下来的大鸟。

那天，离开小岛以后，我们在附近的沙滩上肩并肩一直坐到日落黄昏。

至今，我仍然无法忘记那片一望无际的大海。远处山顶高高耸立的瞭望塔、在海边玩耍的孩子们渺小的剪影、被落日余晖染得通红的层层低云、滚滚而来又叠叠退去的潮水，以及你那张总是挂着淡淡愁容的美丽侧脸，都深深烙印在我的记忆中。不知为什么，我觉得自己或许再也看不到比这更美的景色了。

三

最后一次见你，是在一个夏日的周末。

我们又吵架了，你执意要和我分手。

于是，我怀着忐忑不安的心情独自坐火车来到你的城市。下了车，空气潮湿闷热，全身仿佛瞬间就被水汽浸湿了。我穿过拥挤的人群，搭地铁去酒店办理入住。夕阳西下，望着车窗外繁华的街道，这座南方的城市已经不像原来那么陌生，如今反而多了几分亲切。

抵达酒店之前，你终于答应见面。我兴奋地把背包搁在房间里，立刻动身赶往约定的地点。地铁站外面有一个卖栀子花的老奶奶，记得六年前第一次来找你也是这样的季节，那天，我在路边给你买了朵栀子花，你把它藏在短袖衬衫的口袋里，花瓣散发出淡淡的香气，我拉着你的手在光影斑驳的林荫路上漫步……

正当我回忆往事的时候，你从商场门口走了进来。虽然一直咬定不见我，但你的衣着和妆容，一看便知是花了番心思的，或许是我自作多情，因为不知你平时的样子，所以宁愿相信你仍然会为了我而胆怯羞涩。

见到我，你马上摆出一副倔强的气势，好像一枝带刺的白蔷薇。大概是要给我个下马威，你竭力想让自己显得冷漠，然而却不由自主地暴露出某种紧张情绪，结果没多久便前功尽弃，迫不及待地拽我去超市买了一大盒寿司，找了个座位津津有味地吃起来。

这么一来，反倒让我感到踏实了不少。

吃完寿司，你又马不停蹄地带我去了那家传说中的老鸭血粉丝汤店。这东西我在北京连听都没听过，平时你在公司常常叫外卖当午饭吃，我一直好奇这玩意儿到底是什么味道。交往这些年，我尝到不少南方的料理，原本对吃不怎么感兴趣的我，因为受了你的熏陶，味觉也渐渐敏锐起来，在别人面前常常厚着脸皮自诩为“美食家”了。

走到半路，我忽然从裤兜里掏出那朵栀子花，有点儿僵硬地递给你。

“在地铁口看到，就给你买了一枝。”我说。

你不以为意地把花抢过去，迅速放进了包里。你的提包上依然挂着那个破旧的小狮子玩偶，我低头看着你的步伐，以及那张不苟言笑的侧脸，心中升起一股温热的怜悯，这种情感是由于你的可爱，它一点一滴沁入我的灵魂，又传遍每一寸皮肤，让我微微颤抖又无可奈何。

老鸭血粉丝汤果然名不虚传，你什么都没点，只是坐在对面心满意足地看我一个人吸溜吸溜地吃着。我细细品味着隐藏在这味道中的情感，虽然脸上没有显露，却是打心里觉得高兴。

吃完以后，时间还早，我们用手机买了两张电影票，进去才发现竟然是情侣专场。所有座位都是红颜色的双人沙发，一对对年轻的恋人互相依偎在沙发里，我们却从始至终规规矩矩地并肩而坐，中间被一层薄薄的空隙隔开。

我不禁想起原来和你看电影时的情景，我们在黑暗中抓着彼此的手，觉得紧张、感动或是忍不住想吐槽的时候就用力握两下，好像传递某种神秘信息的特殊密码。

有次我们在吉卜力美术馆的放映厅里观看动画短片，片子讲的是一个小女孩和她的小狗重逢的故事。最后，小女孩终于找到了小狗，在清晨的朝阳中，小狗汪汪叫着扑进了主人的怀抱。

放映厅的灯亮了，不知哪个小朋友哇地放声大哭起来，我扭头嬉皮笑脸地对你说："这孩子还真入戏了。"谁知正好看到你默默流下一行泪水，没等我开口，你就擦掉眼泪，装出一副什么都没发生过的样子从座椅上站了起来。

我至今仍自作多情地以为，那眼泪是为了我而掉的。

……

从电影院出来，已经是接近末班车的时间。你加快脚步，我紧随其后，两人就这么一前一后、沉默不语地赶路。我以为你只是急着去车站，谁知走到半道，你忽然在一家小卖部门前停了下来。

"看，母夜叉。"你说。

台阶上趴着一只脏兮兮的狗，这就是那只久仰大名的"母夜叉"。

“母夜叉”是一条上了年纪的流浪狗，整天在这家店的门口睡大觉，除了吃老板给它准备的食物，即便醒着也几乎一动不动，所以身材十分肥硕。“母夜叉”当然是你给它起的外号，狗的真名不得而知。你向来对小狗特别热心，有次不知死活地过去摸它，冷不防被咬了一口，从此就管它叫“母夜叉”了。

虽然被咬过，可你完全不计前嫌，依然经常来看“母夜叉”，时不时还给它带好吃的东西。不过打那以后，你认定这狗百分之百精神不正常或是受过什么刺激，每次靠近它时都增加了不少戒备。

这时，我刚要伸手摸摸“母夜叉”的头，它就忽然醒了过来，喉咙里发出分不清喜怒哀乐的呜咽。

“哎呀，它要发神经了，快走快走！”你赶紧拉着我离开了，我心里倒有些依依不舍，又回头看了“母夜叉”好几眼，也不知还能不能再见到它。

第二天，我们一起到图书馆看书，去你喜欢的餐馆吃意大利面。下午，我们路过一座教堂，正好赶上有对新人举行婚礼。教堂里装饰了美丽的白纱，铺着红地毯的甬道两旁插着一束束鲜花。我们坐在长椅上看着新娘挽着父亲的手臂走到新郎身边，在牧师面前对彼此许下誓言。

“将来我也要在教堂办婚礼。”我信誓旦旦地说。

“好啊。”记得你是这样回应我的。

我心里沾沾自喜地认为昨晚的情侣场电影和今天的教堂婚礼都是好兆头，于是对我们的未来又充满了希望，以为这次真的能彻底重新开始。然而，我并不敢把这样的念头告诉你，想必你会觉得我蠢，很不以为意吧。

和以往相同，我们度过了一个短暂而愉快的周末。你像是抓住最后一根救命稻草般拉着我去了很多地方，似乎想要趁此机会尽力弥补什么空缺。我每天送你到家门口，再步行返回酒店，虽然短暂，也没有牵手和拥抱，但我还是找到了像正常恋人那样陪在你身边的快乐。

临走前，你送我到机场，我们像往常一样坐在大厅的椅子上度过剩下不多的一点时间。我总害怕赶不上飞机，而你每次都会不慌不忙地劝我别着急，恨不得等到千钧一发的时刻再让我进安检口。

“我该走了。”我迫不及待地站了起来。

“好吧。”

说完，你和我来到分别的地方。

“那我进去啦。”我说。

“好，拜拜！”你有些不自然地冲我微笑。

“拜拜！”

我们各自转身离开，没走多远，我的鼻子就像条件反射似的开始发酸，但我心里下了决心要来这里和你一起生活的，想着不久还会见面，才忍住了眼泪。

伴随巨大的轰鸣，我怀着无限的幸福返回了北京，之后便再也没有见过你。

四

我常常回忆未曾与你相遇的岁月。那段时光虽然经历了太多痛苦，但都已成为遥远的往事，如今反倒带给我一丝欣慰。失去宝贵的东西，就如同我所理解的死亡——人暂时客居在这个世界，死亡不过是再次回归出生前的状态，没有欢笑、没有忧愁，连“自己”都没有，但是地球照样正常运转，如同此刻那些死了的与尚未到来的生命。所以，死亡并不可怕，人们早已体验过了。

回忆过去，多么不可思议，我们一样是形同陌路，却好好地过着各自的生活。我对很久以前的你充满好奇，努力想象着你过去的样子，每天都做些什么，在家里受了多少委屈，在学校有哪些好朋友，又喜欢过几个男生。这样就可以不用再去琢磨你现在过得好不好，是否有不开心的事，有没有牢骚无处发泄……尤其想到你正渐渐遗忘了我，像当初爱我那样爱上别人，我的灵魂就仿佛沉入了无限黑暗的深渊。

人生为何如此残酷？那些永远消逝的生命，一张张鲜活的面孔，都被时间无情地吞噬，犹如狂风中的花朵过早地凋谢了。我憎恶俗世的生离死别，意识到活着就要不断失去，自己终将变得一无所有，却又无力挽回。

这份悲凉的孤独更坚定了我对你的爱，除了爱，我再也想不出任何理由去解释心中剧烈的痛苦。也是因为爱，我竟对孤独隐约产生了某种单纯的迷恋，好像迷恋夏日午后被太阳照得波光粼粼的海面。

在这种孤独的怂恿下，我在心中默默做了“不再恋爱”的宣告，并不是因为对爱情感到绝望，只是单纯地无法相信失去你的爱情罢了。而你对我或许已经消退的爱，更加深了我的懊悔。

既然如此，我又为什么深深地伤害了你，也让自己陷入无可挽回的境地呢？

爱是充满矛盾的东西——任人摆布又不受控制，无处不在又遥不可及，具有强烈的吸引力，有时候又让人觉得厌烦甚至害怕，它包含了太多需要用毕生去解开的谜题。

然而，我越是拼命挣扎一般反复思索爱的真谛，越是被某种无形的力量缠紧，你的一切，连同与你相关的我的愚痴，也变得更加难以割舍了。

五

雾霾散去之后，又是一个晴朗的秋日清晨。我坐在洒满阳光的窗台上看书，风把微凉的空气吹进屋里，悄无声息地扑在我的脸上，隐约泛起一股莫名的悲伤。这悲伤带着些许季节变换的惬意，与逝去的时光息息相关。

我埋头读着小说，思绪却总是飘忽不定，以至于很久才能看完一页。而我的注意力一旦从书页上移开，眼泪就无法控制地涌上来，我不得不频频眨眼，与此同时迅速将视线挪向书架，用很小的声音按顺序念出一排排的书名，以此转移注意力，直到泪水在眼眶里干涸。

但是过不了多久，你的脸就又浮现在我的眼前。那是一张你某天给我发来的照片，照片里，你抱着自己那只长相难看却又惹人疼惜的贵妇犬，一对无辜的眸子里透出比小狗还可怜巴巴的目光。现在想想，你大概对我那出于爱而时不时产生的同情心了如指掌，所以总是轻而易举地用各种平淡无奇的方式为我日后留下许多甜蜜的痛苦。

伴随记忆的浪潮，胸口正中央有个地方不时传来奇异的空虚，仿佛有根针筒在一点一点地抽掉里面的血肉。

我不停地大口呼吸，好让自己从这种快要溺亡般的恐惧中解脱出来。

“没关系的呀。”你故意撒娇的声音在耳边响起。

你说过很多次这样的话，但已经想不起是在何时何地了。尽管如此，你的话语依然给我带来莫大的安抚。

蓦地迎面吹来一阵神秘的风，带着一丝久违的温暖，勾起了往日的记忆。空气里弥漫着熟悉却无法言喻的味道，然而，这其中仿佛隐藏着什么不可思议的秘密，当我察觉之后，心里便涌起一股复杂的情愫。

风戛然而止。

沉默不语的你化作无数微小的光粒子，静静地洒落在我的心上，犹如一颗颗种子埋进最深的记忆之中。

我从风中感受到季节的更迭，条件反射地般产生了某种怀恋。少顷，我终于意识到，自己所怀恋的，是此时此刻能够坐在你的身旁，漫不经心地说上一句：

“时间过得真快啊。”

庸俗地浪漫着

萧凯茵

萧凯茵

上海最世文化发展有限公司签约作者

唯有写作才能卸下记忆的负担，有些东西，终于不必记在心上。

已出版作品：《迷津》《看不见的打字机》

宁可乐做了一个梦，梦见自己淹没在水里，被水草缠绕着双腿不得脱身。睁开眼一看自己还在床上，不知音乐从哪里响起，粗糙的音符一颗一颗地灌满可乐的耳朵，她挣扎着蹬蹬被子起身，才发现缠着腿的是自己的耳机线。“一大早放什么音乐，乐儿，快把它关了，起床上课去。”爸爸的声音从房外传来。可乐摸索着把耳机线解开重新插在手机上，音乐沿着那根线从小小的耳塞里挣扎着出来，只有微弱而细碎的气息。彻夜的音乐已经把手机的电量耗得见底。

“爸，今天是五一，不用上课。”她一边打着哈欠，一边说。

爸爸平日里总要比可乐早一步出门，除了因为他要赶在上课前开店卖早饭，还因为可乐出门的方向早已不一样。他的小卖部开在可乐的小学旁边，那时可乐天天跟他一起出门，一起回家。自从可乐上了中学之后，爸爸和可乐，还有他们家，大部分时间都正好处在一个三角形的三个角上。妈妈？如果加上妈妈，那么就是一个三棱锥的四个顶点上。她跟他们不在一个平面，她已经比他们早一步上了天堂，甚至来不及给可乐起名字。可乐就叫可乐，这是爸爸起的名字。他不太识字，只认得一些常用字，在店里长期放着一本字典，遇到不懂的字就翻来查，但是单凭一本字典，又何以囊括整个世界所有未知的事物。他每天都卖出很多可乐，买的人快乐，卖的人也快乐，于是便觉得可乐可以让人很快乐，便给女儿起名可乐。

小学的时候，同学们凑到一起喜欢谈论自个儿家里是干吗的，那时谁知道什么是银行、什么是企业、什么是医院，那些玻璃擦得锃亮的屋子不过是与他们毫不相关的另一个世界，唯有学校周围的小卖部，是那时孩子眼中的天堂。那里什么都有，吃的喝的玩的，全部堆在那么一小间店铺里，好像总也吃不完用不尽。但并不是说，可乐想要什么都能伸手直接从爸爸的店里拿。可乐跟所有的孩子一样，得从自己的兜里掏钱出来买，即使只是几毛钱的冰棍。

可乐赖床再起来的时候，爸爸已经走了。洗漱之后，她准备去公园凑个热闹。

五一假期减少到了三天，原本可以分散在七天出行的人全挤在了这三天，总是在这种时候感叹，原来中国有这么多的人。而这样一个拥挤的五一假期对于小易和小五来说更是短小精悍。他们依然可以利用他们拍档已久锻炼出来的默契，熟练地穿梭于人群中，若无其事地拈走一些东西而事主却浑然不知，就像是理所当然的，甚至有一次小五被人当场逮住，搜出钱包的时候他还理直气壮地说那个就是他的——那不是装出来的理直气壮，在他的逻辑里，被他偷到了的就属于他。

在街上，人流非常一致地往公园正门缓缓流动，而这种一致和缓缓都是危险的，因为给小易和小五提供了足够的掩护和时间。但是这种危险很多人都没有意识到，包括可乐。她仅仅是不耐烦。她踮起脚看了看前面，就这么一小会儿的停顿，就被后面的人推搡着失去重心往前一个趔趄。突然有人扶住了她，问没事吧。她头也没抬说了声没事就继续往前走。那人又紧跟着她问，你知道洗手间在哪儿吗，这人流也不知道何年何月才能走到公园里。“对不起我不知道……哎，等会儿，我想起来了，刚刚那边不是有一个吗？”“可是都已经走过了，人这么多，要挤回去太费劲。”“可是都快到门口了，应该不会再有洗手间了吧。”“也是，那谢谢你了，我再找找。”那人说完便挤着人走开了。

等到了售票处，即使排在人流的最后都能看到票价，可乐觉得这么一点等待的时间也就变得没什么了。她伸手掏钱的时候才发现，右边口袋空空如也。她先想起来的是里面有一百块，马上意识到被人偷了。正在痛心疾首的时候，她看见了刚刚问洗手间的那个人。明明马上要轮到他买票，他却一个箭步转身挤着人群往回走，正好挤到她面前，说了句麻烦过一下。“你不是急着上洗手间吗，买了票进去里面就有了啊。”她没让开，他抬起头看了她一眼，愣了一下，马上笑笑说：“对哦。”只好无奈地排在她的后面继续等着。小五从远处向他使了个眼色，让他找个借口从售票处溜出来跟他会合，他也努努嘴挥挥手，示意他先走。这时可乐突然不冷不热地说了一句：

“我的钱被人偷了。”

他一个激灵地回过头来看她，发现她并没有回过头，大概也没看见他与小五刚刚那段眼神交流，才舒一口气，却又马上警惕起来。

“那你知道是谁偷的吗？现在怎么办？”

“要是知道了又能怎样。”她低头从外套的暗兜里掏钱。

“那你钱被偷了还怎么买票。”他话出口了才发现她的暗兜里还有钱，心里狠狠地叹了一口气。

可乐原本还庆幸自己谨慎，早就把钱放了一部分在暗兜里以防万一——事实证明现实中确实很容易就碰上个万一。她再仔细一找，又开始更加强烈地痛心疾首。

“怎么了？钱不够？”他好奇。

“不是。”她摸着右边扁平的口袋，“我的学生证，跟着我的钱一起丢了。”

他心里暗想，不是丢了，是被偷了。但仔细想想也不对，小五也只是图个钱而已，学生证估计是被错手连带拈出来了。

可乐再看了一眼票价，明明都是同样的票，学生票只要二十块钱，而成人票却要六十块钱。她又低头看了看手上的钱，犹豫了一下只留了二十块钱在手上，其余的全数折好塞回暗兜。轮到她的时候，她争执了半天，售票员还是坚决要看学生证，固执地坚持没有学生证就不能买学生票。当售票员喊下一个时，她灰溜溜地低着头跟着前面买完票的人拐了个弯离开售票处。她从等候买票的通道外与他往相反方向走去的时候，他的手绕过了栏杆拉住了她。

“我把我的学生证借给你买票吧。”他说，“反正我去不去无所谓——我只是急着上洗手间而已。”

他马上掏出学生证递给售票员，满心欢喜地冲她笑笑，售票员的大嗓门却冲他喊：“你这学生证怎么只盖了2008年的章？现在都2009年了，没盖章不能用！”他极力辩解可售票员大妈就是不听，把学生证胡乱地塞回他手里就又喊：“下一个！”他回头看了一眼，她已经背过身去想要离开，他一下急了，冲着售票员大妈就喊：“两张成人票！”

后来当他向小五提起这件事的时候，小五劈头盖脸就吼：“你疯了！居然买两张成人票去故宫泡妞！”他却不紧不慢地算了一笔数：“你想想看，我们偷了她一百块钱，我买两张成人票花了一百二十块，实际上自己只出了二十块，反正故宫的学生票正好也是二十，我们虽然老在那边转悠，但是从来就没进去过——这下总算可以跟别人说我去过故宫。况且，我只花了二十块就进去了，还有人陪，想想还不划算？”小五听了还是恼：“你倒是够逍遥的……可是偷回来那一百块里有我五十！”“别这么小气嘛，下次全给你不就好了！”

当时，可乐接过那张成人票愣是说不出话。“……说句谢谢就可以了嘛。”小易拍拍她，“看你这么可怜，就请你逛逛公园好了！”

过了检票口之后可乐小心地把这张票折好收进暗兜。她扣好暗兜的扣子之后抬头认真地说：

“你看我们两个未成年人，买了两张成人票——原来成年的代价只不过是多付了四十块钱。”

放学之后可乐在学校旁边的小摊上吃饭，听见后面有人“可乐可乐”地喊，同学便戳了她一下，说：“喊你呢。”“没事。”她低头含着面随口说道，“那是别人在要汽水。”可乐以前见多了这种状况，一开始还会条件反射般地答应一声，后来慢慢才发现，来找自己的人哪里会有这么多，还都集中在饭馆里呢。

“不对唉，他真的在喊你。”同学回头看了一眼，还不依不饶地戳她。她把面吸进嘴里，筷子还横在空中，回头顺着声音的源头看了过去，后面那张桌子边上坐着一个男生，正举起喝到一半的可乐瓶冲她笑笑。

“你怎么找到这里来的？”她坐了过去，“还知道我叫可乐？”

“打听来的。”他笑，“我神通广大。”

其实自从故宫一行，小易从小五那里发现了可乐的学生证：“你还真顺手牵羊。”“可惜没牵着手机——这玩意儿没用。”小五随手就扔在一边，被小易捡起来揣在口袋里。他躺在床上睡不着，翻出来看，忍不住笑。

宁可乐。这名字真逗。

“五一那天玩得开心吗？”他已经喝完了整瓶可乐，漫不经心地用手指弹着铁瓶盖。

“你呢？”她反问。

“开心啊。”

“有多开心？”她紧跟着追问，“如果满分是一百分的话，你的开心有几分？”

“一百二十分。”

“哇，有这么开心？”

“如果一分快乐值一块钱的话，那还不该买到一百二十分的快乐吗？那天我可花了一百二十块。”他说这话的时候瓶盖出其不意地被弹到了玻璃瓶上，发出清脆的响声。可乐忍不住笑了。她突然贪心地想，这样的快乐一分一块钱，那还会不会有那么一种快乐完全不花钱？

“有。”小易起身，“走，我带你去——保证一分钱不花。”

宁可乐就从不知道有什么东西不用花钱。即使是属于她的东西，只要掌握在别人手里，她就需要花钱买回来。可乐最恨的就是她爸爸，不知是不是妈妈早逝的缘故，爸爸对她一向严加管制，似乎她身上的一切，都是她妈妈的，不是她的。爸爸自认为不过是在好好保管着妈妈的一切，再把它们一点一点地卖给可乐。

小易带她去逛超市，推着一个购物车，看见什么喜欢的就往里扔，好像它们通通不要钱。等到他们从手扶电梯往楼下去的时候，电梯两侧堆满了特价商品，可乐随手就拿起了一包饼干，可是悬在空中一直犹豫着没有扔进车里。

“为什么还拿在手里？”小易问。

“也不知道是不是质量不太好，故意放在这种地方让人随手拿了就走。”

一路往下，她慢慢看到一包又一包一模一样的饼干被零散地放在电梯两侧其他的一些商品上面，似乎都是别人从上游拿起又在下游放下。她想了想，在到达楼下之前把饼干扔在了这些毫无瓜葛并且还在等待别人拾起扔下的纸巾堆上。刚刚扔下，却被小易一手捞了回来扔进车里。可乐以为他故意跟她对着干，瞪了他一眼什么也没说。

其实小易口中所谓免费的快乐，只是像在收银台边一辆又一辆堆满了商品却没人付款的购物车。超市里舒适的空调、琳琅的商品，一切感官享受都是免费的，包括暂时的拥有感，你可以肆意地获取，只要不走过收银台，就像所有精简的试用装，只要在短暂的试用之后忍住贪心的欲望，快乐便无须付款。

“所以你看，其实快乐多么廉价。”小易带着可乐走出无购物通道的时候这么毫不避讳地说，可乐却感到隐隐的可耻。他说：“你可能觉得我很庸俗。可是庸俗是什么？浪漫又是什么？庸俗就是最后没有买下那包饼干，浪漫就是在电梯上我坚持把它放进购物车里。”

“而你就是太过庸俗。”末了他加了一句。而她默默在心里想着，是，我庸俗，我连想都不敢想。

他们白天去了电影院。可乐觉得，电影院便是白天里唯一的黑夜，她并不拥有任何一个夜晚，因为对于一个高中生来说，她的夜晚必须用来挑灯复习或者是埋头睡觉。她的爸爸想让她留在本地上大学，又希望是一所重点大学。可乐觉得这样的人生是被爸爸设计好的，只有把它赎回来，那才会是她的人生。而厕所昏暗的灯光、被窝里的手电光，和睡眠中的梦境，都是这些夜晚里唯一的白天。

电影院里的服务员都称他们先生和小姐。可乐的学生证还没补办下来，可以再冒充一回成人，这让她有一种隐秘的窃喜，但又感觉到多付出的那一倍价钱压在身上的重量。于是她打算让小易用他的学生证买一张票，然后自己买一张成人票，最后的花费由二人平分。小易犹豫不决，可乐仅仅以为他不过是抠门而已。她一眼瞟见他右边口袋露出的学生证一角，便一手把它抽出来递给了售票员。售票员打开看了一眼，抬头向小易摊开了手：“先生，那您的学生证呢？”

可乐突然觉得又悲哀又惊异。其实售票员早就看出来他们两个都是学生，也早已预料到他们买的是学生票。但奇怪的是，明明递上去的是小易的学生证，为何她又再次讨要。可乐看向小易的时候，他从左边口袋里掏出一个学生证递给了售票员，途中含意不明地看了可乐一眼。售票员接过一看，说的话与之前故宫售票员所说的如出一辙：“你的学生证只盖了2008年的章，现在已经不能用了。”说完便递回给小易。

“我去年辍学了。”小易一边把学生证放入口袋一边说，脸背对可乐，听起来似乎漫不经心，但这种漫不经心又似乎太过刻意。

可乐不明所以地看了一眼售票员手里，问：“那你怎么还有另外一个学生证……”

“那不是我的。”小易从售票员手里拿回那个学生证在她面前摊开，“那是你的。”

不过是左右之分。小易把自己的学生证放在左边口袋，可乐的学生证放在右边口袋。没有人比他更明白，世界上除了自己身上之外再无安全的地方。即使是贴身的口袋，也要时刻提防。但他只是没有想到，第一个把手伸向他口袋的人，居然是不谙世事的可乐。

她并不知道，这是一个多么致命的动作。在她把手伸入他的口袋随手抽出学生证的时候，其实也连带抽出了一个并不值得知道的秘密。

可乐在看到这个学生证的时候，发现她自己的思绪正不受控制地奔向五一那天。她隐隐能感觉到一切的源头，却又不知是出于厌恶还是别的什么，她本能地拒绝这番联想，于是眉头深锁，表情看起来痛苦不堪。“你没有猜错。”小易终于把学生证合上，“那天就是我跟一个哥们儿搭档偷了你的钱——对不起，我很庸俗。”

“请把我的钱还给我。”可乐此刻却突然夺回自己的学生证，“钱对于我来说也很重要，并且我也无法接受一个小偷成为我的朋友——对不起，我也很庸俗。”

可乐急需钱，非常非常需要，因为在爸爸那里的一切她只能用钱来买。说来荒唐，她为了买某种价格不明的东西，已经存了很久的钱。她只知道，钱总是多多益善。她就不信，存了这么久的钱也买不到她想要的东西。从小易那里讨回那笔被偷的钱之后，她径直来到了她爸的店前。

她想去北京读大学，她想买她自己的自由。

爸爸看了看她摊在玻璃柜上的钱，仔细地从里面挑出十一块五毛，又把其余的捋平叠好递回给可乐。他从抽屉里拿出那本字典，伸向可乐：“六百五十九页，有你要的‘自由’。”

“你想要的一切，这里面都有。”他又补了一句，“乐儿啊，你总以为你知道自己想买的是什么。”

“你又不是我，又怎么晓得我知不知道。”她撇撇嘴，把钱收好。

“我知道，我看你给我的钱就知道，你根本不知道你要买的东西是什么，也就不知道要花多少钱，你只会把你所有的钱全拿出来，但实际上很多东西并没有你想象中那么昂贵。”

可乐以为爸爸不过是用一本字典忽悠她，根本没当一回事。但是在老师办公室看到自己那份高考志愿表时，却发现爸爸并没有改过一个字。

在天昏地暗的高考之后，宁可乐又开始忙着收拾东西准备北上。在这样紧凑的生活中，她早就遗忘了小易。临走前她想把字典留给爸爸在店里用，但他执意让她带着上京。当她独自蜷缩在火车狭小的床上，翻来覆去睡不着时，便打开字典百无聊赖地看。一翻开，就从里面掉出了一片透明的干树叶，薄得脆弱不堪。那是她很小的时候拣来夹在字典里做标本的，结果一夹就是十年。那不过是一片再普通不过的树叶，当时却因为是在春天落下的而被视如珍宝。她把树叶重新夹回 580 页，却一眼看见了左下角的“易”字。

她才发现自己其实一直都不知道小易叫什么名字。或许对他的学生证是瞟过那么一眼，但是上面写着哪几个字她从来没有注意过，也从不过问，在回忆里只有区区一个“易”字。她饶有兴致地看这个字的解释：容易，不费力，平和，改变，交易，交换，轻视。那是再庸俗不过的一个字，但在她的回忆里，却又是浪漫的。一本十一块五毛的字典里有一万多个字，平分到每一个字上连一分钱也不到。这种庸俗的浪漫也不过如此廉价而已。

可乐忽然想起爸爸说的那句话，她想她以前真的不太明白自己想要什么，原来她想要的东西未必都是昂贵的。有时她需要的，不过是一点点庸俗的浪漫，然而她却曾因为它过于廉价而轻易放过。

北城以北

余慧迪

余慧迪

上海最世文化发展有限公司签约作者

恒久阅读促进认识自我，深入了解自我襄助写作。

已出版作品：《北城以北》《万能胶片》

我从祖国的最东南处起，一路向北逃离，逃到北城以北的地方。

——前记

北城在木棉、荔枝和紫荆的混合香气的熏陶下，渐渐地有些昏昏欲睡了。

从前北城人只知道他们世代居住的这座小城在H城的北部，又在东江下游的北岸，于是为其命名曰：北城。到后来，北城人终于知道，北城原来坐落在祖国东南的广东省，又隶属于广东省东南部H市，相当于国土的最东南端。然而这名字叫得久了也就习惯了，于是北城一直叫北城。

北城位于珠江三角洲东北部，H城西北部，南望东莞，毗邻港澳，靠近广州、香港、深圳。照理说，这样的地理位置是非常有利于发展的，可是北城有些慵懒，有些倦怠。眼见得深圳、东莞这些邻居三十多年前就开始如火如荼地搞改革，现在一个个经济都发展得如日中天了，北城仍旧是懒懒的，翻一翻身，挠一挠痒，继续晒它的太阳。

我的家在临近东江的一个住宅区里。幢幢相同的房子、相差无几的紫荆、大块单调的空地，组成了一个平凡的小区。十几年来小区就没出过事，风平浪静。

那个普通的星期五下午，我从学校一路狂奔回家，一把把书包甩在地板上，就冲到阳台门口。文心兰总是在下班之后花上半个小时的时间来打理她种的吊兰。一盆盆的兰草悬挂在阳台上空，叶子细长优美，嫩绿之中夹着一线鹅黄，勾着半圆的弧线，风一吹过便摇曳生姿。

文心兰像平时一样给吊兰浇水。她用拈花指扶着水壶，微微倾斜，水小股小股地汇到花盆里。我默不作声地直盯着她。她的头隐没在十几盆吊兰中间，我只看到一只漆黑的眼睛在嫩绿和鹅黄中闪了一下，然后是一声轻轻的咒骂：“掐死你那双黑眼珠子哦，瞪得跟死人似的。”

我很响亮地吸了下鼻子，努力使自己的眼睛看起来不那么水汪汪。那些盈满的泪珠似乎一不小心就会纷纷滚下来。“小柒哪里去了？”我问。

“瞧你那死样，什么小柒，哪个死人啊。”文心兰继续歹毒地说着。

我又下了一番极大的努力，才克制住自己的声音不那么颤抖：“我是问，莫柒信哪里去了？”

“死在外面了。”她继续面不改色，一如既往地用冷漠把我的焦虑击溃。我清楚地听见自己的声音软下来，用一种卑怯惶恐的声音可怜巴巴地问：“妈妈，我能不能求你告诉我莫柒信到底去哪儿了？”

“求我？你这死丫头这是在求我吗？为了一个臭不要脸的死人求我？”文心兰指节发白地攥住一盆吊兰。她摇晃得那样厉害，以至于那么多细弱的叶子也跟着瑟瑟发抖。啪的一声。一颗炸弹擦着我的左耳爆炸。陶瓷和泥土纷纷扬扬地落了我一身，几根细长的叶子滑稽地耷拉在我肩上。我一边扯起书包冲回房间，一边摔上门，靠在墙角把头埋在膝盖里嘤嘤地小声哭泣起来。

我从未像现在这样迫切地渴望逃离北城，逃离这个噩梦。

在我尚年幼就意识到了文心兰的说话方式是多么与众不同的时候，我也不禁注意到大多数北城人也有着跟她相同的习惯。他们说话特别钟爱一个“死”字，名词前加“死”，动词前加“死”，宾语前加“死”，一切可以加上这道装饰的地方，他们都会毫不客气地赋予一个“死”字。比如仅仅是因为回家晚了这样一件小事，文心兰也可以用极其壮烈的方式把我责骂个狗血淋头：“死丫头，也不用你那双死眼看看现在几点了，你老实交代你死到哪里去了，这么晚才知道死回家？活得太舒服想死了是吧？下次你再这么晚死回来看我不揍死你。”

这件事我倒不怪她。因为在她背后，有整个北城的八十多万人为她做了铺垫。

北城是个充满怨气的地方。我一直这么觉得。北城人有一个特殊的本事，无论大小事，他们总能从客观上找原因，比如天气不好，比如时间不对，比如张三太贪小便宜或者李四太蛮不讲理。只要稍稍沾上点边的理由，不管有理没理都会成为冠冕堂皇的真理，以此来作为他们成绩不好、生意不好或者运气不好的最好的解释。年轻人到处大骂特骂当今的教育制度和烦人的家长。老人们在大树下乘凉赶蚊，顺便数落不肖的子孙。女人们提着大袋小袋穿越在肮脏的市场里，嘴里忙着咒骂持续上涨的价格和小贩们缺斤少两的卑劣行为。上班族们抱怨昂贵的石油和低迷的股市。如此这般，没完没了。没完没了。

我自打懂事以来，最早是从外祖母那里懂得了怨怒的害处。我的外祖母祖籍深圳，当年她只有五六岁的年纪，被一颗话梅糖轻易地骗到了北城。长途汽车上的奔波劳累以及一脸恶相的人贩子，吓得她不会说话，在卖入文家以前，一直都只会发出咿咿呀呀的声音。面目慈祥的文老爷子把她的手轻轻放在他宽厚的大掌上面，问她的名字，她唯有拼命地摇头。于是老人又把她的小手转交给了另一只小手。

年轻的文家少爷宽厚老实，问她："我叫文景森。你叫什么名字？"

她依旧只摇头。过了一个月，才开口说话。"玲玲。"她卑怯地小声说道。

"哪个？是王令玲，还是王林琳，又或者灵气的灵？"

她复摇头。文景森继续耐心地问："那你姓什么？"

她伸出一根食指，在空中画了三横，再一竖。他笑，从此替她取名为王玲。

起初那段日子，他继承了祖上的家业。文家世代做木工，于是他的名字里有三木。凭着一双巧手和憨厚善良的品格，他很快把产业做得更大，财富累积得更多。闲暇时光，他也教她写字，一横，再一横，笔笔遒劲有力。

王玲一辈子只学会写四个字：一、二、三，以及她的姓氏，王。

文家本不是什么书香门第，她又是买进来的童养媳，更不需什么文化。很多时候，她想起他教她写字的样子，不自觉地动动食指，一横，一横，再一横，然后是狠狠的一竖。她便得意地嘿嘿笑开来。

那是夫妻俩一段平淡的幸福时光。后来，一大二公的人民公社化运动兴起，他的财产收入公社。出于对祖业的热爱和尊敬，他偷偷留了一台刨木的机床。结果被揭发后，他被揪到大街上狠狠地批斗。接着是一段最黑暗无边的苦日子。她从阔绰的文家少奶奶变成了公社里面煮饭的厨娘。每天起早摸黑，与柴火和煤烟为伴。

外祖母很喜欢跟我们讲起以前的故事，说她自己的遭遇，也说一些听来的恐怖故事。到了最后，每每都是她不能自制地嘶喊：“凭什么？那么多年的艰难都熬过来了，他凭什么就在过上好日子的时候撒手归去留我一人在世？凭什么！”

而最近的这十几年，外祖母又多了一条新的理由去怨恨：那就是她的故乡深圳。她眼睁睁地看着生她并且原本应该育她的小渔村变成了如今享誉国际的现代化大城市，而她所在的北城居然还漫不经心地用散步一样的速度慢慢发展。她简直愤怒了。

“凭什么？我原本可以有更好的发展，过上更好的生活，凭什么要我沦落在这个小城市里面一辈子？”她怨人贩子，怨文家老太爷，怨文景森，怨批斗他的人们，怨整个北城。

但是我却发现，她唯独忘记了责备自己，当年为何嘴馋得为了一颗糖就牺牲了一生的幸福。外祖母心脏不好，大概就是被怨念所侵蚀的。

王玲在来到北城的第十年，有了自己的第一个孩子。接下来是第二个、第三个。

1967年初，正值中国传统最重要的节日，大年三十那一晚，大腹便便的王玲在做年夜饭时突然感到一阵剧痛，倒在了灶台边。

当晚，文心兰出生。由于是最小的孩子，又是个白白净净的小姑娘，文景森非常偏爱这个孩子。他常常把她架在自己的脖子上，带着她到处晃，又用胡楂把她弄得咯咯笑。文心兰从小就受到了与那个年代不符合的宠爱，比如上小学时就穿着时髦的方格连衣裙吸着牛奶咬着饼干去上学。

可以想见，文心兰从小就对父亲过分地依恋和亲密。而四个孩子里面，只有三哥文尹城最像父亲。尹城不仅活泼聪明，而且风度翩翩。在那个叛逆的年纪，文尹城不仅是文心兰最喜爱的哥哥，更是她心目中关于男性的全部楷模。

然而文尹城的风光只持续到十八岁。一场高考把他的骄傲击垮了，在家唉声叹气了两个月之后，他走上了复读之路。而文心兰在那段艰难的日子里也决定继续升读高中，以便有更多的时间陪她亲爱的哥哥。

文尹城重考了三年。高中毕业的时候，连他的妹妹也高中毕业了。但她没有考上大学。他临上大学以前慈爱地抚摸着她的头说："丫头，乖乖等我。要听话。"

她当真听话地等了他四年。那四年里她在乡下小学里教书，拿着微薄的薪水，怀着厚实的梦想。她在黄昏的狗尾巴草丛边上学会了弹吉他，穿着格子衬衣，乌黑的头发盖着半张脸，对着橘红的夕阳轻轻地笑红了脸。

四年之后，她褪去了青涩，成为了一个真正的大姑娘。四年后他回来，出落得更加温文尔雅，落落大方，手上还挽着一个漂亮的女子。她叫石榭兰，在电视台混了几年仍混不出名气的小明星。

她争着出门去迎接他，听着他熟悉的声音亲昵地喊着“兰兰”，却错愕地发现，那人不是自己。那么突兀地，她的身心凉透。“狐狸精！”她暗暗地骂，转身跑回了房。

打那以后，年轻的文心兰也成了一个有怨的女人。

所有的哥哥姐姐都谈婚论嫁了。文心兰在家里倒像是个怨妇。她大声地抱怨，抱怨电视台的节目太无聊，抱怨大哥的孩子吵吵闹闹，抱怨嫂子的香水喷得太多——她尖酸刻薄的话语给家人们带来了严重的困扰。文尹城提议说该给他这个宝贝妹妹找个人家了。

王玲早在文心兰高中毕业时就曾经给她找了个婆家，男方姓莫，是当地一个老实巴交的个体户。当时她坚持要下乡教书，推掉了。婚约书还在家里那个大立柜的底层。文心兰把它翻出来，一个人偷偷去了莫家。

“你还娶不娶我？”她大着胆子问。

莫凌忠被她吓住了：“你一推就是四年……我已经有老婆孩子了……”

“那这份婚约书怎么办？”她扬起手中的武器。

客厅外面的林秀娥抱着几个月大的孩子冲进去，扬手给了她一巴掌。

后来，文心兰渐渐走出了哥哥的阴影。半年后她嫁给了当地的一个公务员裴辰。再后来，她早产生下了一个女儿，从此开始了我在人间噩梦般的记忆。

我叫裴飞，出生在北城最美的季节。那时木棉花尚未落尽，紫荆刚刚抽出花苞。早熟的荔枝在街头零星可见，颗颗棱角分明。

大人们都说我从小颖慧，刚入学就跳级，年年捧回厚厚的奖状。乖巧，缄默，看上去很安静。我从小在文心兰的严格监管下长大，学会了察言观色，学会了忍受一句话里夹着好几个“死”字的咒骂，学会了低着头急速穿过骂街的女人和睡着的乞丐。平和地等待和无限地忍耐是我的本领，在北城里任何人都必须学会忍耐再忍耐，否则就只能成为在街上破口大骂的市侩女人，或者庸俗无能的男人，直到成为碎碎念着怨毒的故事的老人。

我无时无刻不在想着离开北城，向北逃亡，远远地离开这片怨气丛生的地方。

在早年的观察中，文心兰早早断定我没有学音乐和美术的天赋，就果断地把我踹到了应试教育的路上。我从六岁起开始戴厚厚的眼镜看厚厚的书本，为老师所疼爱为同学所不齿。正因如此，我没有没心没肺的死党，没有可以交心的密友。只有小柒。在北城的时节，他陪我拾过木棉，摘过紫荆，在放学的路上分享过一串荔枝。

“以后我们一起离开北城吧。”他看着满树火焰一样的木棉，好似不经意地说。

“什么时候？”我激动地问。

“快了，快了……我们都快十二岁了，我想……”他的话语渐渐低下去，低下去，湮没在一片深红里。一朵饱满的木棉花“啪”的一声掉落在我面前，惊碎了我的幻想。

“走吧。”

那是十二岁那年的春天，我把小柒邀请到了我的生日会上。文心兰和爸爸都对乖巧的小柒印象很好，一留再留，最后天色已晚，爸爸提出要送他回家。小柒说：“不用了，我爸爸正在赶来，应该快到了。”

门一开，文心兰怔了半分钟。她把门掩上，脸色发青地对小柒说：“小柒，你全名叫什么？”

“莫柒信。柒是大写的‘七’，信是……”

“讲‘信用’的‘信’。”林秀娥咬牙切齿地在门后回答，身后是目瞪口呆的莫凌忠。

“不讲信用的是你吧？”文心兰冷哼一声，把小柒推出门去。

“柒，我们走！不要再到这个女人家里！”林秀娥嫌不解气，又转过身向我们家歇斯底里地吼，“死不要脸！”

我在猫眼后可怜巴巴地望着小柒离开的背影，心里盘算着明天上学怎么跟他解释。

然而无须我绞尽脑汁地想一个妥当的解释，因为小柒没有来上学。

我没有从文心兰处得知我想要的结果。小柒从此在北城没有再出现过。而我在十三岁后，也毅然到外面求学去了。文心兰、外祖母、林秀娥、上一代以及上上一代的人们依然待在北城——生他们养他们给了他们血肉的北城。他们的性格和命运都和北城完美契合，密不可分。他们一辈子离不开这座小城。

一条弯弯的东江支流形成了天然屏障，把陈旧的北城和繁华的 H 市隔绝开来。北城里面有很多年代较久的住宅区，建在江边，仅仅隔着一道青褐色的老城墙就与东江水相接。

但和外面的 H 市，和整个欣欣向荣的珠三角不同，北城那样安逸地度过一个又一个年岁，不争不取。在一棵棵古榕、一道道古墙、一阵阵催人入睡的暖风中，悠然地躺在水面上歇息。

但是北城的人们还会不时说起，为何同是人，同喝一条江的水，我们和深圳人、香港人的命运就相差那么大呢？他们说起的时候，依旧是用“死”字连篇的句式，依旧是恶毒怨恨的语气，依旧是懒洋洋的表情。

与爱无关，
与爱有关

疏星

疏星

上海最世文化发展有限公司签约作者

对我来说，每天噼里啪啦地敲击键盘，才是人生赢家。

已出版作品：《把耳朵捂住》《我也曾为你翻山越岭》《相爱的人要相爱》《公主别醒来》《你在云端好自为之》

一

当我用颤抖的食指按下鼠标，空白窗口跳转出高考成绩时，那心情让所有言语苍白无用。

窗外是明亮到无法直视的艳阳天。树木绿得失真，鲜亮过印象派画册里的厚重颜料。空调的响声甚至压过声嘶力竭的蝉鸣。然后我妈断断续续的哭声打破了家里的一片死寂。

该来的总归会来。地板上散落着无数的电话单、信笺、纸条，甚至是日记本。这些我曾经赖以生存到想带进坟墓的记忆，现在成了最好的证据，指控我对青春的荒废。

那些醒目的电话单里，分明印着每一条短信的收发时间。凌晨三四点，课堂时间，午睡前后，以及每一个有纪念意义的零点零零分。而上面千篇一律，一行又一行整齐累积下来的，都是同一个号码。

这个号码的主人，正成为我妈一遍又一遍控诉的对象。我木然地承受着这成长的代价。然后在她消停片刻的时候，鼓起勇气说："我想复读。"

"就你还复读？你再复读一年又怎么样呢？再荒废一年和人家谈恋爱？"

我被这连续的反问弄得无言以对，只能再次坚定地说："我要复读。"

一旁的爸爸没说什么，只是一根又一根地抽烟，而在我妈终于忍不住要甩我一个耳光时把她拉了出去。

反锁上门后，触手可及的回忆与内心的巨大茫然向我扑来，但在无法抑制的廉价泪水里，我告诉自己要节省一些力气，因为还有那么多抗争等着我。

我知道此时此刻，有一个人在和我一起斗争，在和一个比我家庞大到不知道有几倍的大家庭斗争。他们用最严厉的言辞威胁，用最优厚的诱惑劝导。他们告诉他："家里给你铺好的路平坦无碍，你只需闭着眼往前走。没必要在原地荒废一年当高考虔诚的殉葬者，我们可以让你比那些所谓的本科生有更好的未来。"他肯定会有多多少少的动摇，就和我听我妈说送我到南方亲戚那边上学，然后提前些日子出来再奋斗也不一定比大学生差时我有过那么些许的迟疑。但他在动摇时，哪怕只有一秒想起我，就一定不会妥协。在我的信心被一切击得粉身碎骨时，对他的这点信任是我唯一的本钱。

唯一让我再赌一把，继续抗争的本钱。

二

知晓成绩后，填写志愿前的同学聚会真的是个莫大的讽刺。潜移默化地，我们在不觉中学会了像大人那样察言观色、巧言令色。学会了匿藏和揣测。

只是我不关心这些。

对未来的恐惧和为己的天性使人们学会了猜忌。比起这些半成人化的形式我更关心为什么莫硕云自从告诉我成绩以后，两天以来都没回我一个电话。我现在只想见到他，告诉他我在网上搜寻的几所不错的复读学校，告诉他真的没什么大不了，毕竟我们可以一起从头再来，重来的一年我们少打些电话少发些短信多上些心，再一起考个能说得过去的大学。但要是我们从了父母的安排，他会被送去那些北方的大城市用钱砸一个还不错的学位，而我会被送去南方，那还有什么未来可言?

你可以嘲笑我短浅的目光、嘲笑我的理想多么幼稚，甚至因为那理想里只有空乏的爱情而嘲弄我的庸俗和不堪，但它终究还是个理想。

而一直到聚会结束莫硕云都没有出现。然后连续几天，我们仍然断着联系。

最后我还是从别人那里听到的，他顺从了家人的安排，他们让他去A城某所不错的大学读出国的预科班，准备漂洋过海去镀层金。

显然，他的抗争失败了。或者说也许“抗争”的这个过程，只是我单方面的想象，没有硝烟就妥协了。更甚一步，“妥协”这个词都要划去。真相是，他和他的家人在一起心平气和地吃晚餐，他们甚至不去提及什么高考。然后他妈妈说“要不送你出国吧”。他低头喝了口汤，然后“嗯”了一声。

理想终究只是个理想。

三

我们最终还是见面了。庆幸的是莫硕云没和我解释什么，就是阐述了不复读直接走的铁定事实。还挺专业地向我解释了“2+2”是个怎么化腐朽为神奇的砸钱模式。说是先在国内某知名大学读两年非本科的预科，然后远渡重洋，拿个国外某知名院校的文凭，再回来疏通疏通人脉，就基本上功德圆满了。

其实他要真解释什么自己多不愿意多为难多委屈，我铁定转头就走。

这种当爱情遇上现实的故事泛滥到廉价，转换到他的角度，穿插点过往的温情和现实的冰冷对比对比，描述一下他想留不能留的内心世界，就差一个分道扬镳的无疾而终式结局，这就又成了一篇毕业那天我们一起分手的青春小说。我和他自然成了又一对模范式的被时间削平棱角的可怜恋人。

要是大家都这么自说自话自怜自惜，认为自己为感情投入了多少，那这故事真没继续的必要了。

而如果说一开始我对他先要离开的事确有近乎死寂的恨意，那么在谈话的最后他忽然用力地抱住我，然后埋下头沉默不语，我把头埋在他消瘦的肩胛骨上，听着他沉默的呼吸。桌上摆着未动的可乐，冰块随着气温一点一丝地消融。

从那一秒起，就算他不说“对不起”，我也有了想要原谅他的意图。

谁叫当时的我，孤立无援到只需要一个拥抱。

四

和自己的家人斗争就是在和幸福斗争。至少是在和一种经得起时间和社会考验的安稳幸福斗争。

当时我还不知道，在那场抗争里，我曾因自己的坚决和木然获得过的病态的优越感，日后却演变成了无以复加的罪恶感。我不仅砸碎了两位中年人奋斗半辈子的梦想，还截断了他们的后路。这么残忍的事情，竟还是以爱之名。

那些日子我们一家就没正常地吃过几顿饭。吵累了大家就昏天暗地地睡。但意识还疯狂地清醒着。睁开布满血丝的双眼后再继续没有结果的争吵。沉默的时候每个人真的连哭的力气都没有。

“以后无论你和那小子怎么样，我都绝对不会让他进我们家的门！”

我妈的嗓音尖厉而虚弱，发出她最后的宣言。

“那我也不会进你们家的门。”我抽动了一下嘴角，还给她一个漠然的冷笑。目睹着她被我的决绝刺伤的脸。

那是张顷刻间变得陌生的脸。它交织着愤怒、伤心、失望，还有不可置信却又不得不信的无奈。

第二天早上我打开卧室的门走进客厅，望见我妈还躺在客厅的沙发上。她的金边眼镜一直架在鼻梁上，看来她一夜连身都没翻，就无意识地入睡了。这大概也是这段时间以来，她第一次不靠吃安眠药睡熟。

她的手里似乎还一直紧握着些什么，走近以后我才发现是一摞报纸。纸张的一角露出一个醒目的铅字标题——“学生如何复读”。

我就这么不光彩地赢了。

五

复读的那一年过得缓慢又漫长。

在复读班的第一节班会课，那位年轻又踌躇的班主任就和我们强调了心态的重要性。什么复读生顶不住压力自杀的悲剧例子，渲染得有声有色。

确实，这很残忍。但是更残忍的是，这件事对大多数人以至整个社会，并没有什么实质的影响。人们继续朝九晚五地生活，除了受害者本人，谁也没有因为这个悲剧而活得更糟糕。这悲剧除了作为一种谈资，满足了人们的同情心，似乎就烟消云散了。毕竟悲剧天天发生，多得是感慨的机会。

那年冬天冷到让人无法入睡。有一次我半夜醒来去开水房灌热水袋，中途听到公共电话旁有轻微的交谈声，于是我条件反射般地止住脚步。

“作业永远都写不完……考试考得我都麻木了……”

“第一次模考的成绩和去年差不多，觉得好没希望……”

“大家都好虚伪。明明熬夜熬很晚，还嚷嚷着自己一点都不努力。”

“我好想你。”

然后我竟轻手轻脚地退了回去。没回寝室，我站在走廊尽头的玻璃窗前，思维是白纸的空白。

如果能用白色在白纸上写字，想写下刚刚听见的最后一句。我好想你。

虽然口袋里装着背着妈妈买的二手手机，虽然会用它和莫硕云保持着联系。每个星期固定的几通电话，镇静剂般抚平躁动与不安。只能说还是远远不够。

不够坦然地说出一句“我想你”。故作原则地认为说出这样的话，那些自尊心和暂且无法抵消的恨意就全部注销了。虽然本不是委曲求全的事，无形中还是成了无法跨越的雷池。

圆锥曲线，地球运动，通货膨胀，错综条件句。我在想着这些。

雅思考级，大学宿舍，灯红酒绿，美好前程。他面对的是这些。

根本连对比的必要都没有。没必要放在一架天平上，所以不存在什么是否平衡的问题。就像当我在为一次模考成绩的些许进步窃喜时，外面的世界正以无法估计的时速高速运转着。地球有限的资源正被无限的欲望进一步开拓。无数人挣扎在情感的旋涡里相互厮磨。有些秘密和星辰一起陨落，而更多的星宿变换着轨迹，排列成所谓命运。

只是它们全部与我没有直接的关联。此刻的我只能倚靠着生锈的玻璃窗，隔着辉煌灯火，抵抗着钻进骨髓的寒刃。

口袋里的手机闪着微蓝的光。屏保是我们曾经不知天高地厚的合照。

草稿箱里，又多了一封未发出的“我想你”。

想念如果埋进庸常的生命里，就不会显得有多么漫长。因为一年很快就结束了。当然这个白驹过隙的意识是等一切真的结束了才能有的感慨。

走进最后的考场时天气还挺阴柔，出来之后一看，没想到街上已是阳光一片。光芒照在我的脸上，像是打了一记沉重的耳光。然后我才从又一年的骤然消逝中晃过神来。

而在被阳光刺得睁不开眼的那一霎，我觉得自己像是明白了些什么。

我曾经无比憎恨高考背后潜藏的这个世界的巨大法则。而现在我才明白，这个法则不管内里如何冰冷，外表都如这日光般光艳明亮。所以我们必须毫无保留地接受它。因为它们是我们赖以生存的根基，它们折射出我们憎恨又热爱的世界。

有那么一个名词，叫“现实”。我们也许永远不能完全学会它，但却迟早要面对它。

高考之后便是比高考甚至还要苦痛几分的志愿填写。填志愿那几天我感到前所未有的恐惧。我恐惧自己努力一年后还是不能考上莫硕云所在大学的一本。我不大明白的是，这学校出国预科班的门槛，根本就没分数线这个概念，却把正牌的本科线拄得高死人。

恐惧让人盲目。于是天知道我是怎么填的志愿，总之我一心要上的大学没录取上，然后就撞到了一个高出它本来分数线 20 多分的学校，只能留在本省继续着和莫硕云遥遥无期的恋爱。

我不甘心，非常不甘心。但怎么不甘心现实都还是一副坚定不移的冷漠。

平庸无奇的大学生活就要开始了，我之所以还没有经历就说它平庸无奇，是因为对于那时的我，莫硕云就是全世界。我所做的一切都是为了能和他平等并肩地走在人行道上。这种念想支配着我的情感中枢，可以让我对未来充满希望努力奋斗，也可以让我对生活顿生索然无味的偏激感。

那时的我已经过了追星花痴的年纪，在我看来，世上的男的只有两种，一种是长得像莫硕云的，那就是帅。还有一种就是不像莫硕云的，那就是不帅。对于这种我至今无法解释的痴迷与沦陷，我只能说它是必需的，我只能这样。比起其他的所谓光辉梦想，我更愿意花那些时间去爱他，因为我觉得没有什么人类工程较之更能让我刻骨铭心。当我老了的时候，我不会想起花了多长时间去拼辆车买间房或是拿了些什么乱七八糟的证书，它们不够成为我骄傲的资本。没有什么比得上我为他付出的生命与情感更值得我夸耀。它们才是真正的光辉梦想，听起来玄乎实际上最实在的光辉梦想。

六

原谅我把一个满是瑕疵的易碎品说得这么动人，从而铸就了叙述的不真实性。其实一般来说，爱情不过是生活的一个插曲，是日常琐事中的一部分，我们却总在描述中给予了它一个违反生活常理的重要地位。大概因为它是我们疲惫生活中所剩不多的英雄梦想。

事实上，一对早已毕业分开的恋人，各处在不同的城市，一个即将去国外展开大好前程，一个在中小城市还没开始奋斗。他们之间的问题，多到没法掩饰。

而真正的问题在于这些问题只是我庞杂生活中的一部分。

即使高考结束，我和我妈的争吵似乎仍未结束。我妈本来身体就不好，早些年身体就动过刀，这么多年又被房子工作被人情世态压榨得身心疲惫。其实惭愧地说，她的身体状况真正恶劣起来，也就是我高考的这两年。受了这两年的刺激，不知道又瘦了多少。弄得现在天天不是这里痛就是那里疼，但她就是不愿意去医院好好做个全身检查。这就是我们争执的地方之一。

“明天我陪你去体检。”我用一种十分坚决的口气。

“明天我们单位要加班。”

“谁爱加谁加去，你凑什么热闹啊？”我就是看不惯我妈那家小证券公司，对她们这些几十年的老职工一点也不照顾。

“你这孩子怎么说话的！我就乐意加班。”

“你是有自虐倾向还是怎么着？反正早晚都要检查的，有什么好怕的？不就是几个钱吗？”

“你看看你说话的口气，几个钱？就算几个钱它会自己跳进你的钱包吗？”

一句话让我哑口无言。所有的争吵到最后都归结到那一个字上，这让所有的争执毫无意义。其实我之前看了她的存折，这个月公司还多给她打了五百块，只不过几天后它们就全额出现在我的存折上。我看着存折上那些窄小的数字，咬着牙用铅笔在后面加了好几个子虚乌有的零，但最后还是用橡皮擦去了。

每当这个时候，生活就唤起了我对莫硕云的全数恨意。

我知道我和莫硕云不一样，我面对的不是一出生就有的鲜花铺满的道路，作为一个平凡人，我要不靠叛逆和独树一帜来改变命运，要不只能一头扎进生活，通过努力来改善命运。

为了改变我的命运，大学以后我就开始疯狂地学习，认真的程度能比得上复读时。很多时候我成天地泡在图书馆里，大段大段地看那些术语和名词，写成堆的报告和论文。我不知道那些微薄的学分是否真的对未来能起什么作用，我是否真的能通过努力拿到出国的奖学金，能否离设定的目标更近一步。

我只有一个奉为圣经的最本初的想法，就是我想和他并肩地站在一起，而不是隔着人来人往的距离。

莫硕云说："老婆真努力啊，那我也不到处玩了，我也好好念书。"

周日的图书馆里人群寥寥，我看了短信然后精神振奋地继续看高数。

电话铃响起时我正纠结在花哨的数对里不能自拔，低头看了显示屏后我想我更加无法自拔了，是莫硕云的妈妈。

七

我不是第一次见莫硕云的妈妈。这是个气场极强的女人，也许能称得上个人物。她举手投足间，不看你的眉眼，单纯的几个音色就让你忘了自己准备的言辞。你甚至不敢和她对视，眼神一交汇你不得不扪心自问，并为自己的有所隐瞒自惭形秽。

我们第一次见面还在我上高中的时候。那是我第一次涉足高档的旋转餐厅。我被穿着体面的服务员引到内侧的隔间，准备面对一场狂风暴雨的责问。我甚至备好了应对的台词，类似"这是我们年轻人的事""您没有权力干涉我们选择情感的自由”。为了有备无患还有那一句压轴的“我绝不是为了钱才和您的儿子交往的，请您收回这些钞票”。事实上是我看了太多的青春偶像剧，致使我的想象力夸张到可笑的地步。

作为一位独立的单身母亲，莫妈妈表现出的强势不显山不露水却很致命。她放下手中的财经杂志，给了我一个官方笑容，然后说：“我们家小硕经常说起你啊，两个人是很好的朋友吧。”

“算是吧。”我回答得很是僵硬。

“互相交流增进友谊，以后能成为很好的高中回忆。学习上也要彼此鼓励，毕竟现在面临高考啊。”直接进入主题，没有半句废话。和缓的口气加上安详的笑容，完全不给我半点发挥的机会。

我想我一定是拿错了剧本。除了简单的“嗯，啊，对，好的”，我找不到其他话可以说。难怪莫硕云和我说他们家吃饭时几乎不说话的。有这么个强大的磁场，所有的言语想必都销匿了。

这次见面的地点是莫妈妈的办公室。我被一位蹬着估计有十几厘米高跟鞋的漂亮姐姐带去见她。那声音敲打在悠长的长廊里，让我的耳膜很是受罪。

谈话的内容不提也罢，权把它当为我以后的论文答辩做准备吧。

“待会儿和阿姨一起吃个饭吧。”又是官方到不能再官方的标准笑容。

我们下了电梯，出了旋转门，到了传达室的门口，我趁莫妈妈和里面的工作人员交谈时，退到一侧的柱子后拿出手机按了一条给我妈的短信，想和她说我今天晚上不回去吃饭了。

只在顷刻，我听见了一阵熟悉的响铃声。声源只在咫尺之间。

“小李啊，麻烦你下次把信件直接送到二楼王芳那儿就行了。”莫妈妈正对什么人嘱咐着。然后我看见我妈从那个窄小的蓝房子里探出头，手里还握着闪着蓝光的黑色手机。

我就处在她视线之外的盲区，看见她平和地点了点头，接着坐回原位。下意识地，我立刻关了手机，从一侧的小道走了出去。不觉间我才发现手心已被汗水潮湿了一片。

之后我才知晓，那时我妈工作的那家证券公司已经破产了，据说还是因为什么全球性的经济危机。我妈用所谓的要加班的周末时间，重新觅得了这一份新工作。而那存折上多出的五百块，是那个空壳公司给她的最后的遣散费，聊以安慰。

八

你会发现你的父母在一瞬间苍老，任何瞬间都可以。这就是时间最邪恶的地方。

医院的大厅里，行走着来来往往的病号、家属、友人。充盈着泪水、鲜花、呢喃和无法稀释的死寂。经过我一晚上的死磨硬逼，我妈终于答应来医院做个全身检查。等了半个上午，才结束了大大小小的检查，然后我们一起坐在大厅里翻看结果。

没有梦魇般的恶疾或是什么不治之症，都是一些日常的辛劳累积起来的疾病。过敏性的哮喘、颈椎炎、关节炎、淋巴肿大。它们渗透在每一条突起的静脉里，流淌在血液里，伴着呼吸，融进每一寸生命的气息甚至坚强过生命本身。

而我妈像是游戏里被悬在空中半吊着的小人儿，离万劫不复的痛苦和平坦安逸的平台都有一段距离，她就那么被那些繁常琐碎和慢性疾病吊着荡来荡去。这种折磨也算不上撕心裂肺的痛苦，但是一直这么机械单一地循环，反反复复，才是真正的疲惫。毕竟短的是疾病带来的阵痛，长的是逃无可逃的生活。她没有出路。

“妈，你在这儿坐一会儿，我去按药单拿药。”

“善雅啊，你先别去，陪妈妈坐会儿。”我妈拉住我的手，因为用力，手上的青筋清晰得像大地上的河流。

“其实检查不检查都没什么太大的区别，那上面的药家里大都备着些。别的我不敢说，自己的身体，我是比医生还要清楚的。我们这个岁数的人，多多少少都有些小病。不是生活逼的就是自己逼的。”

我想要说些什么却被她打断了。她继续不间断地说着，像是准备了很久。

“以前我一直以为这些年我所有的付出都是为了你。你考上重点高中我走路腰板都觉得直了。你出落得越来越有样子我会觉得自己也年轻了。同样的，你高考失败了伤心了我就开始怨念，认为你毁了我的辛勤付出。就是那时我才发现我所做的一切不全是为了你，还为了我自己。我把你当成我年轻时未完成的梦想。

“这些年你越来越有自己的想法，我们先不说它对错，毕竟那是你选择的路。年轻是比什么都贵的本钱。而我已经不再年轻了，我们的人生肯定是不一样的，所以我的那些宝贵经验，也不一定适合你。就算适合，也必须等到你碰了壁之后才会承认它适合。

“我说这些也许有那么些倚老卖老，可我们不像其他父母，不能给你留下什么一辈子坐吃山空都能啃的老本儿。以前我想让你大学毕业后，平平稳稳地找份工作，再找个真心对你的人。他不一定要多有钱多有才，他只要比你好那么一些或者和你差不多都行。这样你们两个人就可以互相扶持，一起奋斗。能一起患难才能出真情，风平浪静风花雪月的日子那只是小说，不实在。

“但这是我想要的人生，不是你的。我们不能把自己的意愿强加在你的身上，更不能让我们成为你奋斗的负担。这是这些天我和你爸爸讨论很久得出的结论。我们知道你有梦想，知道你在向学校申请出国的奖学金。我们决定了，就算没有那什么奖学金我们都让你出国。

“我们得支持你。我们必须支持你。”

我妈说到最后一个字时我的泪水已经没出息地流了一脸，它们把医生龙飞凤舞的笔迹淹没得更加模糊不堪。

我想着自己怎么那么没用。想着我的青春和爱情、叛逆和决绝、坚持和放弃。还有不愿想起却不得不回想起来的是昨天在那家高档的法国餐厅，莫妈妈不紧不慢却又言之有物的那句话。

“硕云说他不出国了。这是他从小第一次这么坚决地向我要求一件事，所以我答应了他。”

九

我要去见莫硕云，我一秒钟也等不了。

其实在这之前，我去找过他。那时候我们面临着一场情感的危机，原因不详。

只是当莫硕云和我在电话里开始大片沉默，没话找话，草草收尾，当我不断靠回忆来自我催眠这感情其实很坚固，当他日益成为一种遥远并一直在远离的安慰，不安感就开始酝酿。

而当他开始学会用后一个谎言弥补前一个诺言时，我不得不怀疑人性的真诚是否能战胜时空的隔离。

那天他前一条短信发给我说自己在图书馆看书，但当我在电话亭打电话过去想听听他的声音，电话接通后却听到一片喧哗声。

可以明显感受到的狂欢到喧闹的气氛。女生甜甜的撒娇，酒杯碰撞在一起的清脆声，有人在大声吼着某首情歌。音效好到能听见一两句歌词。

那人唱："你是我最爱的人，我能怪你什么？"走音到让人发笑。

这个在他疏忽之下无意接起的电话弄得我们俩都毫无准备。挂上听筒后，我立刻去买了到莫硕云所在的 A 城的车票。

虽然是白天，我却在车座上迷迷糊糊地睡了过去。窗外的风景一晃而过，只在合上的眼眸前留下深深浅浅的摇晃感。

到站的时候天色已经暗了下来。我和那些四处漂泊的人，一起面对这个华灯初上的都市。

各国风情的建筑在夜色里妖娆地闪耀着，极力炫耀着自己的繁华。那些灯火和建筑都是肉感的，它们简直大胆到不知廉耻的地步，轻易地勾起你内心的欲望。

终于到达了莫硕云所在的学校。人们说这所学校本身就是这个城市的旅游景点之一。它的外观确是名副其实的漂亮。

我在那校门口站了好久，不前进也不后退，就看着来来往往的年轻男女。

他们衣饰高档且得体，笑容不羁又自然，人间烟火般绚烂而又不易冷落。然后我想，这就是莫硕云每天进出的地方，他也是那些红男绿女的一员，身上燃着这个城市的灯火的气息，不属于我的气息。

没错，我一路颠簸到达这里，但快到终点时，却止住了最后一步。

后来我继续坐在校门口对面的一张长椅上，看人群的聚散离合。然后像个臆想症患者一样想着他们身上会发生什么故事。可我唯独没有想莫硕云，没有想他会不会在我一个抬头侧眸间出现。因为我很确信，他不会出现。

我就这么在风里坐了一夜。那是秋天的天气，不冷不热。凌晨三点时天空还飘了一阵小雨，只是没滂沱起来就停了。吹落的梧桐树叶飘散在我的脚边，上面还凝着宿夜的雨水。

天亮以后，我买了第一班列车的第一个座位，离开这里，回到我自己的城市。

十

然而这次我轻易就碰见了莫硕云。他像是知道我要来似的，不惊讶也不慌张，带我去了学校附近的一家咖啡店。那是家光线昏暗到我连对坐的莫硕云的脸都看不大清的咖啡厅。这个城市还真是会滋生暧昧。

不巧的是，这种时候，我拒绝所有自欺欺人的模糊感，我需要单刀直入切入主题，由不得半点含糊，因为这事关我的未来。

“我听你妈说你不出国了，为什么？”

“有一部分原因是因为你，还有些是自己真的不想出去。你知道现在留学生在国外的日子也不是很好过。我也没有什么特别想深造的专业，在国内念书其实也没什么太多的区别。漂洋过海，不是听起来那么有趣的事。”我很高兴听见他久违的真诚，虽然它坦诚的内容我并不喜欢。我也看见他说最后一句话时，眼睛正直直地看着我。

“但是我已经申请手续成功了。我要出国了，我家里人和我自己都为这个努力了很久。”我放下手里的咖啡杯，吸了口气说，“你不和我一起走吗？”

他的嘴角浮起了若有似无的笑意，缓和后那眼角眉梢又成了泛黄的轮廓。

“善雅，从以前到现在，我就知道我们不一样。你一直比我有追求。

也许一开始的时候，我还是你追求的出发点。你从出发就开始坚持不辍。高考成功，被不错的大学录取，然后是全额奖学金，最后是出国。到最后，你的出发点已经不是你的终点了。毕竟你跑的是一条直线，而不是能回到原点的圆圈。”

他一边低头一勺又一勺往咖啡里加糖，一边继续说。

“我们一直在努力缩小彼此的差距，我往后退你向前跑，但这起不到任何作用。我是说这样迁就弥补的方式本来就不对，一切都乱了。现在你已经达到目标了，可能就不需要我了。

“你要知道，我是你男朋友，不是你的竞争目标或是比赛对手。如果以前我还能成为你生活的动力，能以此变相地为你做些什么，那么现在，我已经没有任何东西可以再为你付出了。”

在加了七勺糖之后，莫硕云终于开始一口口喝掉早已凉却的咖啡。

十一

世上的事情其实没有一个真正意义上的结局，它只是在不断地发生，发生，再发生。永远的进行时，没有开头，也没有结局。我们也不需要结局。

据说每年有两次机会，阳光照耀在纽约的第42街上，夕阳和曼哈顿东西向的街道会恰好排成直线。这个瞬间壮阔而凄凉，所有在城市里浮浮沉沉、奔波不歇的人，都会为此驻足片刻。

我很幸运地遇到了第一次机会。但是它们只是风景，不是美景。

那天晚上我刻意地念书念到很晚，可还是没办法让自己疲惫下来。于是我开始浏览网页。无意间我看到一个关于“等待”这个专题的照片合辑。里面都是街拍的各种照片。

人们等待爱情，等待梦想，等待明天，等待所有无名的希望和热烈的爱意。直到等无可等还是得等。这是一场无法解脱的死循环，除了从一场等待逃离到另一场等待里，你逃无可逃。

一张又一张地翻过去，在快被照片里单一的绝望麻木了感触时，一张照片差点让我尖叫出来。

我看到了我自己。

在一片橙黄色的灯光里，我坐在莫硕云学校门口对面的长椅上，我眼前的人群全被处理成模糊的淡彩，像是一晃而过的时光。

而我正仰头，望着一片辉煌的灯火。它们虚幻又美好，破碎又摇晃。围绕着灯火的，是无数前赴后继的飞虫。无数的翅膀被燃烧成灰烬，再有无数的翅膀来填补空缺。

背对我的是一片梧桐树林，它们的枝叶泛着不真实的暗光。然后不可置信地，在不远的一棵树下，我看见了一个灰色的身影。虽然不是很清楚，但是足够在我的辨识范围内。

是莫硕云，他面朝我的方向，像是凝固在乐谱终章里的休止符。

讽刺的是照片下面的标题写着：谁在等谁？

只在那一刻，那些曼哈顿上空未燃尽的夕阳的血红色的光，悉数倒退回我空洞的眼眸。海潮侵袭般触醒了所有的神经。

喜酒

颜东

颜东

上海最世文化发展有限公司签约作者

别无所长，试图用挫败打动你。

已出版作品：《楼上的女儿》

李云南从肖小环家里一出来，转过了一条街，就急急忙忙往九中的方向去了。

她本来可以叫上肖小环的，但是她并没有。

时值9月，酷暑还没有消去，空气显得十分敏感，像闷着头在预谋一场呼之即出的大火，或者其他什么更可怕的事情。李云南就是在那间店铺前停了下来，抬头看了看那张可怜巴巴的招牌，确认了上面的五个金色大字：张天五金店。

李云南从肖小环家出来之前撒了谎说她要回家做饭。之前的一个上午，她都心不在焉地陪着肖小环趴在一张桌子上做一套数学试卷。李云南若有所思地瞟了肖小环几眼，马上就把眼光收回去了。她低着头，小心翼翼，生怕一不小心就把自己的秘密泄露了。

她要第一次一个人去做一件不一样的事了。她在一个几何图形里画了几道毫无用处的线条，把整个图形都涂黑了，终于才下定了决心。

直到这一天为止，这还是她第一次走进这家店子。李云南理了理前额上湿透了的刘海，又用手擦了一把脸，兜了一手的汗甩掉了。她仔细地拍了拍身上的灰，无意识地用手捂了捂左脸，这才走了进去。

她探头张望，试探性地叫了一声：“张光明。”

张光明双腿曲起竖在椅子的边沿，双手紧抱住膝盖，整张脸就贴近了上去，完全掩在了那一双膝盖后面，这样看过去，整个身体就小了许多，他抬起头来，先是一惊，认出她之后，礼貌地笑了。

她坐下来，就坐在他的对面，隔着一个嵌满玻璃的木架柜台，好奇地四处打量，一双手局促地握放在膝盖上。

整个门面被货柜里零乱的灯泡电线圈电插板水管压水泵挤得很是沉闷，他显得更加可怜了，看了看她，问："要不要喝水呢？"自己便起身进屋去倒水，拿起热水瓶，摇一摇，听不见水声了，就对李云南说："没有水了。"

李云南笑了，说："没关系。"

他就坐了下来，有些不好意思，低下头去，这一低头，睫毛长长地覆下来，脸上尽是说不清道不明的温柔。

李云南十八岁的一整年里，都坐在九中黯淡地度过了——事实上她的整个青春期都是如此。

夏天的傍晚，天色突然暗下来，灰色的云团在天边翻涌，像煮在锅里的稀饭上面浮动的气泡。全班学生都在做数学测试，李云南支起手，看着窗外，想，可能有一场暴雨。

果然，雷声大作。女生们尖叫一片，与此同时，电灯泡也受到刺激，噼啪一声闪灭。

就这样，为张光明的出现做了铺垫。

张光明是学校旁边一家五金店老板的儿子。每一次，冗长的晚自习时李云南都会期待突然停电，然后那个五金店的老板就会带着他的工具包姗姗来到。她喜欢看那个中年男人换灯管，利利索索，然后，吱吱几声，灯光管就亮了。

但这一回，来的是另外一个青年。人人都很惊讶，睁大眼睛盯着他。昏昏暗暗的光线下，李云南扯高了脖子张望，这个男人很高，瘦，肤色偏黑，面相普通。穿一件白色背心和花的沙滩短裤，脱去拖鞋，开始还有些羞赧，最终踩上肖小环的桌面，开始换灯管。他这样一抬头伸手，人人都看见他的沙滩裤下面那条红色内裤。大家窃窃私语。他的脸正朝着李云南，显得有些尴尬，又轻微地笑，做了一个咬下唇的动作。李云南看见，肖小环坐在离自己课桌不远的地方，面对着修理工，低着头。

可能由于没有经验，试了几次灯管都没有亮。此人站在课桌上，感受到下面一双双灼亮的眼睛，擦了一下额头的汗。这一擦，又惹得笑声一片。

终于，灯还是亮了。亮起的一瞬，李云南就看清楚了他的脸。一张健康的平凡的脸。他拉了拉衣服，微微害羞地笑了笑，又看了看灯，随即从桌上跳落。

班主任说："李云南，把那个坏了的灯管送到学校杂货房里去，免得在教室打碎。”李云南应了一声，就起身去了。

在走廊上，刚好和他同路。

外面终于下起了大雨，两人困在教学楼门口。

他说：“雨真大。”

她答：“是啊。”

就这样展开了话题。此后，李云南经常记起来，张光明在那个下着暴雨的夜晚笑起来，眼睛像儿童一样明亮无邪，说：“对了，我叫张光明。”他永远都细声说话，一字一句，缓慢温柔，相反，大雨异常暴烈，李云南常常忍不住要贴近了他去听，又小心翼翼不敢靠近。

最终他挥挥手，说：“有空到我们家店里来玩，我爸爸病了，最近我管店子。就是学院巷里的张天五金店。”然后，踩着因灯光照耀而亮晶晶的地面水洼，走远了。

那一天，放学的路上，肖小环与李云南如往常那样一前一后走着，彼此无言。肖小环突然回过头来，并且停住，等李云南走上去，说：“今天那个修灯管的，我听人家说，大学还没读完就被开除了，现在回来，又没有工作。”

李云南没有看肖小环的表情，不看也大概想象得到那种骄矜和不屑，她低着头，说：“哦。”

肖小环想说什么，又没有说。两个人就这样走了一段路。肖小环突然挽起了李云南的手。

“那个人踩在我的课桌上，简直脏得要命，害我擦了一节课！”肖小环噘着嘴，终于说。

张光明不用想太久就能回忆起自己是在哪里遇见过这个姑娘的——她是如此特别，任何人都不需要看第二眼就记住她了。

此时此刻，她正坐在自己对面，低着头，一只手握着另一只，笨拙地转来转去。身下的椅子完全被她巨大的身体掩盖了，她就那样坐在那里，像是一团正在发酵的面包。

“你爸爸还没有出院？”她问。

得到肯定的回答后她煞有介事地点点头，又似乎是在准备下一个问题。

“生意还好吗？”

这回的答案是否定的。她有些尴尬地低下头去，不说话了。

“你读高几了呀？”张光明终于问。

“已经高三了。”李云南回答。这个时候，她想到肖小环了，她唯一的朋友，马上就要考上大学远走高飞了。更多的不安涌上了她的心头。

张光明点点头，也不说话了，突然想到了什么，跑到墙角扭了几下开关，悬在他们头顶的一只生了锈的吊扇吱吱呀呀转起来了。

“天太热了，扇扇风。”他说，微微笑着，眼角都舒展开去了。

一瞬间，李云南想起来时常做的一个梦。在梦里李四远远地走了过来，镇上总是冷得萧索，他手里却提了一个大漆瓶，瓶子底部镂了许多洞。他提起铁丝绳，一甩，那洞里就红通通冒出火苗来了。李四像镇上所有的孩子一样，在寒冬里面，拾了家具店的废弃木材，烧起了火，他要比镇上任何的少年都得意，一只手提着那只漆瓶甩过了头顶，发出呜呜的声音，那声音就是火苗的尖叫，神气得不得了。他就那样走过来，眼睛被烟呛得通红，脸颊上甚至还有些黑色烟灰，他走到李云南身边来，微微一笑，说："天太冷了，来，烤烤火。"他伸手出去握她的手，每次还没有握到，梦就醒了——一瞬之间张光明恍然就像是李四了。

她突然哭了起来。

张光明被她突如其来的哭泣惊讶得不知所措，只好站在那里，看着她。

她意识到了自己的突兀，不好意思地擦了擦脸上的眼泪。

"我爸爸终于又要结婚了。"她说。

李四终于结婚了。

不过说到他之前，还是说说他的女儿李云南吧。

李云南是镇上最特别的那个姑娘，都是因为她的肥胖和脸上的疤。

李云南的肥胖在整个双林镇上都是出了名的。走在路上屁股拖在身后比农贸市场的大鱼盆无差，尤其乳房如瓜瓢随身体甩动，突兀得仿若不是身体的一部分时时想要脱离出去似的。孩子们个个躲着李云南，在他们眼里，李云南穿着破衣裳，常常有线头掉出来，像是被里面的身体鼓胀着，随时都要爆炸一样。李云南自己也明白，镇上集市五天一场，逢五逢十，她都不出门。

李云南同时也是镇上最丑的姑娘。她的左脸有一块疤，手掌心大小，眼角也被拉起来，仿佛一整边脸都覆了面具，长时间不摘，面具烂在了脸上，撕扯不脱了。

这又要从李云南十二岁时说起。她夜里看见母亲与父亲吵闹，两个人打了一架。

年轻的李四花心风流在镇上是出了名的，关于他的传闻越传越多，终于没有好人家的姑娘愿意嫁给他。只有她的母亲，从遥远的乡下来，不明不白，托付了天真的爱情和自己的一生。

母亲不久后就病死了。

李四开始很少在家。李云南知道要去哪里找他。寡妇黄美兰的发廊开在街的另一个尽头。于是李云南总是要在下午或者晚上穿过一整条街去找李四。那个时候那条街还没有现在那么长，从家里出发，只要经过几个伙食铺、一个路口、一个榨油铺、一个游戏机房和两个发廊就到了。李云南饿得双腿发软，全身像坨变了质被扔在街边垃圾堆里的面包一样，陡然被风刮到了街面上。她就这样去找她爸爸。她爸爸正半躺在黄美兰的椅子上洗头。她也不说话，只是站在一边。黄美兰转身要去拿东西她就让到另一边，黄美兰回来，她又让出一条道来。虽然没有其他人，店子还是显得相当狭窄。黄美兰终于不耐烦，甩甩手说："到外面去耍，别耽误我做生意！"李云南就到外面去了。有时候背贴着墙站得笔直，有时候蹲着，蹲得累了索性瘫坐在地上。侧耳听着店子里面哧哧的含糊不清的笑声。她想要说点什么，又始终说不出来。马上天就下雨了，噼里啪啦的，嘈杂粗暴，她坐着，看着街面上都被打出了一个又一个泡，街上的浓痰啊垃圾啊都被冲到臭沟里面去了。她觉得雨声这样响，自己想要说的话更加说不出口了，又感觉到地板很冷屋檐上开始有水不间断地滴到她身上来了，突然就很想哭一场，像下雨一样，哗啦哗啦的。她开始哭，越哭越伤心，但与暴雨相比，声音实在小得可怜，一天没吃饭，也实在没有力气了，于是擦了擦眼泪，冒雨回家去了。

原本李云南想自己做点吃的。回到家里，找了一番，找到一个南瓜。她想起来做南瓜稀饭。生了炉火，淘米，南瓜削皮，就开始煮起来了。她缩在炉子旁边，身上依然是打湿了的那一套衣服，往地上淌着水，但这些都不要紧了，她觉得炉子太暖了，让人全然忘了先前所有的冷，好像人们在隆冬里会彻底忘掉并且开始质疑夏天时想要剥掉身上一层皮的燥热难耐。她渐渐睡着了，似乎梦见了母亲，在黄橙橙如南瓜般的光泽中出现。

后来人们回忆说，在碎杂的雨声中陡然响起一声尖叫，赶到李四家时，只见李云南半边脸上沾着黄色的冒着热气的烂南瓜，那半边脸肿了起来，冒了一块大泡。也有人说："那些南瓜黏在她的脸上，简直就像一摊刚拉出来的屎。"

再说回李四，虽然他已经渐渐老了，但在这些天里，他仍然像任何一个新郎官一样春风得意。

他要再娶的人，就是寡妇黄美兰。

"你爸爸要结婚了啊？"肖小环很久后才问她。

"嗯。"她没有把这件事告诉她，她选择不再告诉她的事情变得越来越多，再也不像从前那样了。

肖小环握着她的手，像很多次那样，想说什么，又终究什么都没说。

"有什么关系嘛，都是一样的。"李云南故作轻松，笑了一下。

她们从小就是彼此唯一的好朋友了。

肖小环从来不知道自己父亲的模样，她母亲原本在外地打工，后来大着个肚子一个人回到镇上来了，绝口不提那个男人，咬牙一个人把肖小环生下来带大。镇上小孩疏远肖小环的原因不单单是她学习成绩好到让人嫉妒，也因为她有一个间歇性精神病的母亲。镇上人都知道有一回她发病，用菜刀剁掉了自己的左手小拇指。

肖小环是如此孤独无助，只有李云南是理解这一切的，她总是跟在肖小环的身后走回家，看见前面有三轮车子来了，肖小环低头走路也不去看路，她就尖声叫：“小环，车！”肖小环抬起头，红着一张脸，回过头来看她，眼神里有深深的悲戚，又有些许的温存。

肖小环虽然时常是沉默不快心事重重的，但也会心血来潮给李云南讲讲数学题，有时心不在焉，也会笑一笑，一笑，就简直比镇上任何一个姑娘都美丽。

李云南对此感到满足和快乐。她觉得肖小环是镇上最好的姑娘，又漂亮又聪明。她从来不会笑话她，她总是安安静静，显出善良智慧的样子。

有一回肖小环忧心忡忡说担心第二天的考试自己拿不到第一名回去会被骂，李云南竟然去给她偷了老师办公室的试卷。肖小环拿到试卷时看了李云南一眼，那眼光深远而柔软。李云南站在一旁，为自己的存在感得意不已。

她们两个人在街上走来走去，一前一后，夏天去冰室里吃两毛钱一根的冰棍，冬天冷得厉害，就去烧饼铺里面烤火，那个老板会把烤坏了的烧饼拿给她们吃，那烧饼烧成了深褐色，鼓起来，像是随时要爆炸一样，咬在嘴里，除去些微的苦味，也是香的，又软又暖和。

那些年岁，不逢集的日子，整个小镇像闷在一个坛子里面，偶尔人从街面走过，脚步声从街头传到街尾，还有回声被不紧不慢弹回来。她清楚地听她们的脚步，来来回回，就过去了很多年。

因此，除去张光明，肖小环是她整个青春期里面最重要的人。

当然，要再次说到张光明——他就是李云南最大的秘密了。

李云南时常逃了课在他们家的五金店里闲坐，就这样熟络起来。

张光明有时候光着膀子就坐在柜台里面，他看见李云南来了就隔着柜台一边扳起脚板来剪指甲一边和她聊天。如果是别的客人进门，他会迅速蹿进里屋摸件衣服穿起再出来。仿佛李云南已经是自己人了——这种亲切感让她莫名其妙地感到愉悦。

张光明是五金铺老板张天的第二个儿子。传说是为了躲避计划生育自幼在外婆家带大，外婆家又有些远，隔了几个镇子，回家里来反倒稀疏陌生了，像是探亲一样。镇上人都不与他相熟，只知道他在县里的中学念了高中，还考上了大学，但是大学没有读完，犯了一些事被开除回来了。

于是张光明对于这个镇上的人而言，就是一个外乡人了。所有企图进入镇上的外乡人、流浪汉、残疾人、孤儿寡母，还有别有用心的江湖骗子，无一不凄凄凉凉，在全镇上下森严的戒备下，排斥和惧怕的眼神里，绝望地走出了镇子，沿着破旧失修的盘山公路去到了远方，再也没有回过头来。

现在，人们上下打量张光明，眼神里就有那种当初打量外乡人的意味。他们纷纷猜测，这个张光明，究竟是犯了怎样的过错，才会被学校开除。他们不可能懂得外边的世界，只是一味猜度，想象出各种可怕的结果吓唬周围的人。自己也在这大胆的猜想中得到了恐惧和莫名的快乐。

他与她讲他的事情。从小在外婆家里，也算寄人篱下。他也说到他的哥哥，小时候两人打架，他哥哥竟操起一条板凳往他头上砸，鲜血瞬间从头顶盖下来。他父亲却说明知道打不赢还要打，被打死也好。镇上的人都说了："张光明是不是你的儿子啊。"

说着这些，他渐渐笑了，也只是为了掩饰住那苦涩，眼角舒展开去，又蹙起眉来。望着她，那个样子，忧伤极了。

她也是明白了他。那些散布在镇上蛮荒残暴的血亲，在历史的上游，纠缠厮杀，他们怎么能逃得脱，只得在血脉的关联中混入下游肮脏腥臭的水流中，还将继续延伸下去。

她心怀怜悯地看着眼前这个男人，他脆弱而敏感，眉眼温柔，眼垂下去，感伤得像一个幼童。

她突然觉得她和他还有肖小环，三个人是同样的落魄，像是被洪流抛落，留在荒芜之境，彼此相偎生怜。但她也绝没有介绍张光明与肖小环相识。她不与两人说到彼此。这是她的小心思，自己也未曾察觉。

张光明在五金店里照顾生意，她便坐在一边。日复一日。

黄美兰从街的另一头搬到这一头。她也已经老了，拖着几个大麻袋在街上走过。穿一身从农贸市场地摊上便宜买来的衣裳。那衣服本像镇上的花圈店一样鲜艳，有一种劣质的耀眼，却越洗越旧，越洗越大，东摇西晃，像在身上随意挂了一只塑料袋。她就那样顶着夏末午后徐徐的风，拖着一些家什，热汗淋淋地在街上走。

黄美兰嫁入李家，带着一起来的除去那几麻袋细碎，当然，还有她的儿子余宝。

余宝比李云南大几岁，小时候得过脑膜炎，脑子坏掉了。

四个人坐在一起吃饭，坐在桌子的四方，黄美兰与李四正对，李云南与余宝相向。

李云南低着头，默默吃着白饭，两口并作一口。余宝突然顿下来，饶有兴致地看她，面对着面，突然大叫：“她奶子好大！”

其他三人有一瞬间陷入窘境，突然黄美兰哈哈大笑，笑得口里的饭粒都喷出来，她说：“奶子大，给你玩啊！”

亏她讲得出口。

李四不动声色，黄美兰看着他，他没有马上应和，也没有笑。仿佛对方没有在讲一个笑话，又仿佛他没有听见。

李云南羞愧难当，头埋下去，狠狠咬着筷子，恨不得把筷子一下插进喉咙里去。

余宝喜欢在半夜去家里的垃圾堆里翻出各种旧报纸旧广告来读，读得很大声，像领导在台上讲话一样。黄美兰却对此很满意，连连和李四说自己的儿子这架势就是块做领导的料。

确实是块做领导的料，领导着街上一些顽劣的小孩到处翻垃圾弹弹弓，在别人立在门口的水缸里面撒尿，从公共厕所捡了卫生巾出来从开着的窗口里扔进各家的屋里。

李四也不说破，只是依她去说。

他更无法无天，干尽各种坏事。

她忍无可忍，呵斥他，被黄美兰听见，也是要进来撒泼。她蒙着被子不去听，黄美兰就开始尖声骂人。她也没有抗争，抗争什么呢。李四低低说了一声："让着他一点吧。"他的声音前所未有地温柔，不像是一个杀猪的了，也不是那个在早市上与市井小民讨价还价的烟嗓了，倒像是情人的声音，轻轻浅浅，也不清楚是从哪里传出来的，似乎光滑地从水面淌过，像水漂，沾了些许湿气，刻意掩盖掉了些微的歉意与关爱。她却察觉到了这一点。她从来就爱他，像她母亲那样，守着那份笨拙的几乎愚蠢的爱，就像熟记着一个乘法法则一样。

所以只是他的一句话，她简直就要去赴汤蹈火。余宝的捣蛋又算得了什么。

却有一天，余宝进屋时已有些晚了，她早已睡好，身上盖了条红毯子。他进了门来，一身的酒气，身后的门也关了。余宝没有吵闹，只是一味傻傻地看她。她觉得不对劲，赶忙爬起身来，不等她爬起，他就扑上去了，像小时候她走路去学校，迎面一只狼狗扑过来，一下子就把她扑倒在地上，等不及挣扎等不及哭，就倒在地上，动弹不得。他就是那只狼狗，压在她身上，流着口水，撕咬她的胸。她惊恐万分，尖叫起来。那尖叫，似乎要把嗓子也咯吱一声喊断。他怯了一下，收住了手。她才得以推开他，跳下床。

她就那样跑向那扇门，仿佛黑夜看不见东西了，只有一束光，便要逆着光跑。可那光也只是虚无，她用手去拉门，门却打不开了。

李四坐在客厅里一根接一根抽烟，看着黄美兰将门从外面扣起来，她脸上露出一丝神秘又隐晦的笑意，仿佛在牌桌上摸得一手好牌，摩拳擦掌等着对手放炮，她倚在门边，偷偷往里瞧。他听见他的女儿尖叫起来，那叫声对他而言是陌生的，他甚至恍惚了，仿若不明白女儿这样尖叫的用意，悠悠地跷起二郎腿，口里吐出一口烟，面无表情。

他女儿拍着门，她一定是从门缝里看见了黄美兰就在门边，狠狠叫了她的名字。黄美兰才慢悠悠开了门。她跑出来，看了他一眼，眼里尽是泪水，脸上也是，就从他身边跑出去了。他手里一根烟还没有抽完，就继续抽，抽得还有滋有味，也许因为这烟是五块钱一包的，他一直不舍得买，他一直抽两块钱一包的。

这一切，她都没有来得及跟张光明讲。每回她急切地想要说出来，却哽在喉咙里。她还是看重彼此之间的尊严，他不问及，她也不要说，说了显得是要讨怜悯。他坐在柜台后面，时常也只是转头看着外面的太阳，午后的太阳水一样地，流进窗户里面来，静谧，美丽。

小时候，她的父亲要去县城里一个远房亲戚家吃喜酒，把她带上。车子出了镇子，就颠簸在一段山路上，开着的窗户时不时有沿路的树枝粗暴地划进来。她晕车，又不敢说，胃里面翻江倒海，也只能强忍。身体陷进座位又吃力地爬起来坐直，她的父亲坐在她身边，脸朝向另一边，可能睡着了。车子在半路上紧急刹车，她身子往前一倒撞在前座上，又弹回来摔在他怀里。胃里的物体再也忍不住往上涌。她看着她父亲，他显然惊醒，看着她。她硬是将逼到嘴里的东西通通咽下去，分明地感觉到那就是赶车之前和父亲一起在一家伙食铺吃的一碗米粉，那粉丝被重新倒出来，一根一根，滑溜溜的，还没有被消化，只是泛着酸味。她将它们吞咽下去，却也掉了两行泪。她父亲吃惊地说："哭什么！"她将脸别到一边去，为这两行泪感到羞耻。

她父亲难得出行带上她。他们在伙食铺吃米粉的时候，他吃得飞快，也不顾她。她看他这样，心里着急，怕他吃完不耐烦等她，便一筷子夹下去就是一大把，吹也不吹就往口里送，偏偏那天米粉烫得厉害，溜进喉咙里简直要沿途烫起泡来。她感到自己眼泪都要流下来，就低着头，一面偷偷看他。终于赶上了他的速度。

她不能像其他小孩那样撒娇，她不能制造出什么情况来，不能以弱者的形象出现。她处处小心，因为知道不能得到怜悯和疼惜，再狼狈，只怕要遭到他的嫌弃。他会后悔带了她出门，日后就再也没有了这样的机会。

她诚惶诚恐，揣度人心。

于是不愿扫了张光明的兴，仿若是去乞求怜悯安慰，他倒是有负担了。自己也只是迷恋留在张光明身边的那些时日，阳光美好的午后，街的深处远远传来家具店喷漆的响声，街面上的脚步声，由远及近，侧耳都能听得分明。张光明轻微均匀的呼吸，浅浅淡淡，自然而然。

她怎么能够奢求，只是远远观望他，心怀苦涩的希望，那微小的希望和庞大的不可遏止的，悲伤。

直到有一天，他望着窗外，突然对李云南说："后天我要走了。"

送张光明走那天，李云南起得很早，她还特意拣了件稍微像样的衣服穿上才出门。然而她还是没有送到他。

她在车站等了两个小时，身上流满了汗，像刚刚淋了场暴雨。

又一趟车开走了。李云南才终于往张光明的家里跑去了。

然而还没等她走进去，就看见自己的父亲正坐在店子里面。

张光明的家人正坐在那里吃西瓜，西瓜籽儿和皮丢了一地，苍蝇也来凑热闹，假装成另一堆西瓜籽儿，落在一些没有吃干净的西瓜皮上。他们看见了李云南，也没有招呼，只看一眼，继续吃。他母亲刚刚好吃完一块，顺手将西瓜皮扔出来，惊起了一群苍蝇。

“你来做什么？”她父亲厉声责问她。

“我来看张光明为什么还不走？”她支支吾吾，终于说。

“早就在昨天赶车走了。”他们不耐烦，面对着一个长相丑陋莫名而来的姑娘，冷冷冰冰。

她父亲就领着她回去了。

一路上她都惴惴不安地跟在她父亲身后。这偷偷犯了错被逮了个正着般的恐惧使她忽略了更为重要的其他事情。所幸李四并没有问她任何事情，他沉默地走在前头，也看不清他的脸。

“爸爸，你到张天五金铺做什么呀？”为了引开他的注意力，她讨好地问。

他回过头来，深深地看了她一眼，这一眼，让她感觉到自己的秘密已经被洞穿了，她不禁打了一个寒战，而他却沉沉地说：“买点东西。”

她看过去，他却双手空空。还不等她将这个疑问提出来，李四又回过头来看了她一眼，又眯起眼，像想起什么似的，问她：“你和张光明……”

“我们是朋友。”她低下头去，急急地说。

张光明走之后，李云南没有再能联系到他。

肖小环倒是打了电话来。她去了市里念大学，说起那里的生活，兴高采烈。

肖小环还惦记着她，她便觉得开心了。于是在电话里应和她，尽说些甜蜜的倾慕的话，对方得到满足，一个电话迟迟讲不完。每每如此。

这样的电话持续了大概一个月，之后便消匿了。

再见到肖小环，已经是一年多后了。

这期间里，李云南厚着脸皮去张光明家里询问联系方式。他的父母一个坐在一条高凳上盘着一条腿在剪脚指甲，另一个侧身靠窗坐在一条矮凳上正懒懒地看外面两条狗打架。她进了门，剪脚指甲的那个头也没有抬一下，另一个缓慢地转过了头，看她，像看见第三条狗，只觉得索然无味，冷冷冰冰问道：“有什么事？”

李云南期期艾艾，说：“张光明在市里怎么样了？”

他母亲冷冷笑了起来，别过头去了，那笑似乎是自顾自的又好像有所指向。李云南盯着她，她才转过头来，说：“我们都不管他了，你还来问什么！”

她的眼神是幽暗的，在发着一种奇异的光，像是一把刀，她看她的样子，似乎马上就要把刀刺过来，致她死命。李云南仍然是低下头去不敢细看，她只觉得怪异，又惧怕。

剪脚指甲的那个是张光明的父亲张天。他剪罢了脚指甲，踏着一双拖鞋兀自进屋去了。那拖鞋噼里啪啦落在地板上，也像是故意为之的冷漠，那冷漠，似是只给她一人的。她浑身一颤。

等李云南回过神来，她已经走在大街上了。张光明似乎发生了什么。她一边想，一边往家里走。

回到家里，只见堂屋里端坐着街上的吴神婆，她手里端了一杯黄美兰递过来的茶水，喝也不喝，放在一边，双手握起黄美兰的一只手，嘴巴贴着对方的耳朵，在装神弄鬼说些什么。见李云南推了门进来，她先是一惊，戛然停止了说话，与此同时松开了黄美兰的手。

她饶有兴致地看着李云南，转头对黄美兰说道：“云南也长这么大了。”

黄美兰点头：“是，书也念完了，这样下去，也不晓得怎么办。”她说起这话，示意吴神婆去看李云南的外貌。

吴神婆心领神会，点点头，又突然握起黄美兰的手，说：“哎呀！她也蛮大了，该嫁人了，你说这样好不好，我有一个表哥，乡下的，他有个儿子……”

“哎哟，还早还早！”不等她说完，黄美兰就打掉她的手。她明亮得像燃起了火的眼睛顿时黯淡，自顾自嘟囔起来：“哪里还早！还不快找，怎么嫁得出去……”

黄美兰脸上挂不住，又不好翻脸，一只手去拿那杯被她放在一边的茶杯，不满地塞到她手里。她也是不悦，喝一口茶，狠狠呸了一口去吐茶渣，作为补偿，她开始了另一段八卦，她斜起身子，看着黄美兰，眼里尽是不善和狡黠的神色，她说：“儿女大了由不得父母，你看我们那块有个男的，张光明，五金铺老张的儿子，读大学被开除，又不去找工作，在市里和二流子一样，为了一个姑娘前些天和别的二流子打架呢，也不晓得怎么样，严重的要蹲监狱呢！”

她分明是在挑衅。奇怪的是黄美兰并没有在认真听，也没有厉声还击。她只是盯着李云南看，若有所思，眼神深邃，像大海，冰冷，又黑暗，仿佛所有的秘密都溺死在里面，席卷，翻涌。

李云南听得吴神婆一席话，背都凉了，她背对着黄美兰诡异的眼神，深一脚浅一脚地进房间去了。

她手心渗汗，想：张光明一定发生了什么。

张光明确实发生了什么。李云南怎么也不能知道个分明了，只是边边角角道听途说。反倒是她自己也发生了一些事。

她应该早就预料到这一切，事情发生后，她只怪自己蠢，躺在床上哭。

她的父亲说：“哭什么，没什么好哭的，是你的命！”

她哭得更伤心，他始终连安慰她都不会，为什么是她的命，她怎么就命该如此，命该他们糟践？

他们一定事先进行了勾结商谋，早就想好了计策，像血雨腥风的古战场，运筹帷幄胸有成竹，拿出了宰割一个过路的外乡生意人那样的狠劲，去对付自己的女儿。他们在菜里面下药，这样下流的勾当，他们也做。一切都做得天衣无缝，他们撒一条网，让她去钻，她怎么逃得过。

她只觉得撕裂般的疼，恍恍惚惚，看见天花板裂开一条缝口，那缝口越撕越大，仿若巨大的石块就要坠落在她身上，除此之外，只是黑暗。

她最终醒来，赤身裸体，正对着余宝，他也是裸着身，看她醒来，哧哧地笑，床上一片狼藉，腿下黏糊糊还淌着一些液体，那液体散发着一股前所未闻的味道。她用手去触摸，那东西黏在手上，像一口痰。

李四的说法是这样：“跟你商量你一定是不从的，只有这样，也是为你好！”

黄美兰接着说：“你也晓得，你长这样……”

李四说：“刚好你余宝哥哥脑子也不灵光的。”

黄美兰嗔声："怎么还是叫哥哥！"

李四立即应和："对，对，对，不该叫哥哥了，以后都不同了！"

那是个黄昏，是冬天了，一家人围坐在一个火炉旁，里面的火烧得很旺，火苗总要调皮地探出头来看外边一个究竟。

四个人都很平静，坐在一起，靠着火光取暖，其乐融融，就像什么都没发生过一样，只是在话家常。

李四意味深长，说："不要怪爸爸，爸爸现在也老了，总不能看你找不到一个人家。这么一来，就是好上加好了。无论怎么样，你永远都留在我身边了。"

无论怎样，你永远留在我身边了。

他还可以说出这样的话。他确实已经老了，不再是那个粗蛮得像搏击选手一样殴打自己妻子的气盛的男人了。他时常腰腿疼，头发灰黄，面色沧桑，佝偻着背，像是被粗心遗落在田间的一篼稻子，越过了茫茫冬季，到第二年被人发现，已是枯萎不堪了，恐怕连根都已经烂在泥土里了。

他伸出一只手来，想放在李云南的背上，又绕了过去，生涩地揽住了她的肩膀，她感觉到他的吃力，因为她的背部宽阔，他又没有坐近，像两个初恋的人，不敢亲密牵手，隔得远远的，把手伸直，触碰到一起，维持这样别扭的姿势。他终于还是坐近来，贴着她。

做父亲的要以这样的方式来希求女儿。他或许也是想到了多年的亏欠，凄凄然，似要落泪。她怎么敌得过这样的温存，只觉得暖和，这暖和，简直能原谅一切的罪和恶，至少，暂时将之忘却。

肖小环万万没有想到，再见到李云南，是在镇上卫生院里。

肖小环在院里面的大堂经过，拐了一个弯，就走到另一个通道里去了，再走几步，就进了门。

取到该拿的东西，她便起身，一开门，就看见李云南恰巧就在门外，正要进来。

她说："李云南！"她几乎要尖叫——怎么能不惊讶呢。

李云南也高声叫了她的名字。

惊讶过后彼此都有些窘迫，肖小环慌忙将手上的东西藏到背后去，却已经被李云南看见。

李云南顿了顿，定了神，才终于看着她，说："原来你也是来买这个的。"

原来。也。肖小环在一阵慌乱之中咀嚼这两个词，等到反应过来，更是惊讶。惊讶得想要再尖叫一次。

她们两个走在街上，却没有像少时那样刻意隔一段距离了。肖小环甚至紧紧挽着李云南的手。她穿得少，怕冷。又或许是彼此可以通过某个路径了解彼此，彼此惺惺相惜起来。

两个人手上都拿着一盒紧急避孕药，肖小环想到这里，还是忍不住笑。她十分好奇，急急问：“对方是谁？”

李云南呼出一口气，那白雾像被冻住了一样停滞在空中。

这个故事很长，她慢慢讲。等到讲完，她们已经将整个下街都走了个遍。

肖小环叹了口气，也没有很吃惊。只是叹气，并且把她挽紧了些。

她说：“云南，我不知道该说些什么呢。”她的神情仍如少女一般无辜天真又浪漫。

李云南笑，有些尴尬，突然想了起来，急匆匆问道：“你在市里面有没有碰到五金铺那个张光明？”

她万万没有想到，接下来从肖小环口里出来的那个答案会让她惊碎了头脑伤透了心。

她匆匆离开肖小环，回到了家里面，外面冷得不像样子，天阴得像是一张布满灰尘的白纸，一场大雪即将来临。

黄美兰倚在窗口，说：“要下雪了。”

李云南冷得发抖，倒了一杯开水还把水洒落到桌上，双手捧着那只杯子哆哆嗦嗦。

余宝这个时候蹲在墙角，怯怯地望了李云南一眼——余宝虽脑子不好，恶劣的习性却有转变，甚至开始有些怕她，处处也会让着她。头脑简单的人，或许是听了谁的说教。

她渐渐暖和起来了，看到窗子外面，还是顶着寒风行走的人，那人的帽子掉在了地上，耳朵被冻得通红，去捡帽子的时候笨手笨脚不小心还滑了一跤。

一屋人都笑。

李云南笑过之后对她的父亲说："爸爸。"

她轻声叫自己的父亲，她说："你帮我和余宝办喜酒吧。"

喜酒定在年关的一天。

这一天，李云南第一回化了妆，她穿着一身裁缝店里专门定做的红衣裳，头上还插了一朵更加鲜红的塑料花。在这样艳丽的颜色簇拥下，脸上的疤淡去了，身材也显得稍微合理了些。就是一个普通的新娘子了。

她走到窗前，听得镇上的鞭炮声，这炮不是她家放的，循着声音望过去，应该是学院巷。即使不去看，她也知道，那就是五金铺张光明家传出来的。

四五点的双林镇上，天色还很黑。李四从肉铺里走出来，腋下夹着几个空饲料麻袋，歪歪扭扭，深一脚浅一脚地走在街上，从亮光的那头走过来，也把巨大的影子拖曳得满大街都是。

“李老板，今天办喜事啊？”寒暄者问。

“是啊，嫁女儿。”李四笑眯眯的，双眼合成的缝隙完全淹没在满脸赤红的肥肉里，他转念一想，又补充道，“不对，应该是娶媳妇才对。”

看着李四颠颠倒倒蹒跚走过去，拖出身上的饲料袋去买葱蒜萝卜，满嘴酒气地讨价还价，大家都笑。其实，人人都知道这笑的另一层含义，于是笑得愈加诡秘起来，仿佛心照不宣着一个巨大的秘密。

这个时候，另外一条街上炸起爆竹来了。好事者站起身来，踮脚张望。“原来是两场喜酒，热闹呢。”有人说。

人们纷纷接耳议论，时而望着李四滑稽的背影偷笑。但是也不会有人能说出其中更大的玄妙了。

总之，在人们的悄声细语中，在李四零零散散的歌调子里，天也渐渐亮了。

李云南重新坐下来，她终于又忍不住回想了一遍那天去卫生院回来，问到肖小环张光明的事。

对方又是娇羞又是骄傲，说：“我和张光明在一起其实已经很久了。我们是回来结婚的。”

肖小环说着就停不下来了，说了许多。她在高中的时候就与他偷偷约会，在镇上废弃的旧仓库里面接吻。去市里面不久，两个人就租房子同住了，她每天去买了菜，做好饭，等他回来。她越说越觉得甜蜜，语气渐渐又像是当初她给她打电话那般炫耀了。

李云南只是急急走，像是要把她甩在后头，抬起一张惨白的脸来，终于说："天晚了，我回家了。"

这一刻，李云南想起来，觉得一切都合情合理了。

他为她去打架，被砍了两刀。她为他放弃大学年纪轻轻放弃前途嫁作人妻。好美丽好平等的爱情。她还想些什么呢。

并且，甚至在上高中的时候，他们就相爱了，张光明穿着沙滩裤来教室换灯管，踩在肖小环的桌上，他们就相爱了。虽然肖小环当着别人的面说他的坏话，但是她的确是爱他，喜欢他，才在别人面前贬低他，唯恐他被别人夺走。好狡猾的心理。

那个时候，张光明与李云南闲坐，望着窗子发呆，怕也是想念着她。

他们相爱，多么好。

她又算什么呢。

两场婚礼同一天举行。双方并没有约定，只是巧合，也许都去请了吴神婆看时辰，才选了这一天。

李云南站在窗口张望。被请来帮忙的人进进出出，出门去倒洗锅水，或者搬了一个大簸箕，里面装了肉。他们走得急了，暖和起来了，撞到了彼此，故意骂骂咧咧，又一边大着声开起玩笑来了。

一个人在一边洗碗，水声哗啦啦的。这个人说：“今天是个好日子呢。”

另一个应答：“是啊，五金铺张老板也娶媳妇呢。”

第三个说：“那个肖姑娘和云南同年，两人还同过班呢。考上了大学，听说经常旷课给学校开除了。”

洗碗的人停住了手里的动作，伸出五只沾满洗洁精泡沫的手指，算了一算，说：“也才二十啊。”

前面一个人立即反击：“二十还小吗？想当初我十五岁就跟了我老公。”

另一个人说：“还想当初做什么，现在哪里还比得！”

洗碗的人也嘲笑道：“说起当初，想当初李四还和张天干过一架呢！”

另一个人想了想，也说：“二十多年了吧。亏你还记得。”

洗碗的人说：“你难道不记得！那个时候李四还没娶呢，张天倒是婚结得早，都生了一个儿子。两个人小学同学，李四常常到他家里去耍，后来有一年张天去外头学技术，李四也常常去他家，丝毫不避讳的。”说话的人说到这里，向四周警觉地望了望，才压低了声音说：“张天的小儿子，就是在这一年怀上的，还不晓得是谁的种！”

另一个人显然年轻了些，没有听过这个故事，显得很有兴趣，凑近了来，惊喜地问：“我怎么都没有听说啊！”

洗碗的人顿了片刻，低声说：“这事情乱说不得，他们两个打了一架后再没往来了，那之后谁要是提到这件事情他们都要翻脸打人的，于是谁都不提了，但是大家都记得的。”

楼层太低矮，李云南靠在窗前，下面的交谈听得一清二楚。她木着一张脸，像是听到镇上任何其他香艳八卦中的一个。她微微探过头去，想再听个究竟。但说话的人声音渐渐低了，低到地上的灰尘里，打着滚不见了。李四就在这个时候由街面走了回来，满脸红光，进了门，颠颠倒倒，上楼梯来了。

他在门外打了一个响亮的嗝，才推了门进来。李云南看他，他的脸比远看还要红，像街边上熟透了被扔在角落的烂番茄，浓重的酒精味扑面而来，仿佛扔一根火柴过去，就要燃起一场大火。

他看着李云南，眯着眼笑，嘴巴都笑歪了，像抽搐一样。他拉住她的手，说：“别个都说你丑，你并不丑的呀！”

她浑身发麻，只有顺手扶住他，免得他摔倒。

他又说：“今天是个好日子呀！”他说着向学院巷的方向看过去，那里正好炸起了鞭炮，声音传到这一边，碰到了墙壁，还被弹回去了。像是在山谷里喊叫，那些山，假装成另外一些人，重复你的喊叫声。

他们两个都听得入神。他又开始说：“我在那边走了一下，张天他们家把酒席摆在街边，摆了长长的一条，像一条龙，就等着迎接新娘进门了。”

李云南不知道说什么好，她能说什么，肖小环应该化了妆，她那么美丽，穿起嫁衣来，要艳羡死镇上所有的姑娘，她母亲舍不得她，两母女抱在一起哭哭啼啼，任谁看了都不忍。而张光明，张光明在做些什么，应该也穿起了一套新西装吧，他是那么俊朗，不会像余宝，在这个时刻了，还蹲在墙角啃一只猪脚，啃得满脸油，让人家笑话。他应该急不可待，就要把肖小环娶回家了。他要抱起她，坐上那辆被鲜花簇拥的车，被镇上的人围观，赞许：天造地设的一对！再悲伤的人也要为此喜悦，再恶毒的人也要为他们默默祝福。

她颓然低下头去了。

李四马上一挥手，吐了一口酒气，说："没什么的，我等下也叫人把酒席摆到街上去，摆得更长，我要给你办一个最热闹的喜酒！"

他显然是醉得不轻，含含糊糊，前言不搭后语，躺倒在床上，他说："你们都要结婚了，好快啊，日子嗖嗖过。"

日子嗖嗖过。他重复这一句话，说了三遍。

李云南想起来刚刚听到的那些事，试探地问："爸爸，你跟张光明爸爸很熟的吗，没有听你说过的。"

李四仍然眯着眼，想也不想，就接了话："怎么不熟，很熟的！"

他翻了一个身，背对着李云南，自顾自说起来了："我们小学的时候坐在一起上课呢，一起挨饿一起挨打，一起去供销社偷东西还被抓了，后来一起都没上学了。他到外头去学了电焊，我没什么本事，就杀起猪来了。”

李云南从来没有见过父亲这个模样，他微微蜷缩起来，声音听起来温柔得要命，仿佛他已垂垂老去，再细细道来那些往昔。那些从未被开启的隐秘的过往。

他捧起双手去搓脸，隐隐说：“是我的错啊，是我的错。”

是我的错。这一句话，他也说了三次。

含含糊糊，他说了：“告诉你一个秘密，不要说给别个听了。”他又顿了顿，声音更含糊了，“按理说，张光明其实是我的儿子呢！”

这一句话，他只说了一遍，李云南却还是听清楚听明白了。她感觉站不稳当，终于浑身都颤抖起来了。

李四继续说：“今天真的是好日子，我特地请吴神婆算了的。我的女儿跟我的儿子都结婚了。一辈子再没这么舒心的事情。”

他嘟嘟囔囔，说了另外一句迷糊的话，再转过背来，看着不发一语的李云南，她已是满脸的眼泪。

他却笑了，说：“你虽然嫁了，但你跟别家的姑娘不一样，你会永远待在我身边，永远都不会分开。”

半上午的模样，宾客纷纷到齐，酒席也准备妥当。一挂红色的鞭炮由屋顶倒挂下来，刚好垂到离地面半尺高。那红色，比李云南的朱色口红还要红艳，却噼啪全给炸碎了，落了一地的粉屑。硫黄味道和烟雾迟迟不肯消去。

李云南拉着余宝，一桌一桌去敬酒，他却眼盯着酒席上的猪肘子，对李云南说：“等下我也去拿一个给你吃！”

李云南就微微笑了，就那么微微一笑，甚至围观的人都觉得她不再是丑陋的了。

有人就起哄，喊：“亲一个！亲一个！”

李云南别过头去，嘴唇轻轻碰了余宝的嘴唇。他被吓得退缩，众人哄笑。

酒席间，这条街能听到那条街的爆竹声，那条街能听见这条街的锣鼓声，好不热闹。两条街上，酒桌沿街摆满，远远看去，真的就像一条被拦腰斩断的龙。

看热闹的人叉腰站在街上观望，只觉得这婚礼又荒唐又圆满，却不明白，自己早已卷入这美满荒唐的洪流当中了。

喜欢

梁霄

梁霄

上海最世文化发展有限公司签约作者

写字是最简单的事，也是最难的事。

发表作品：《鸽子灰》《冬天》《永别了，荒野》《范爱农》

那是毕业的前一天，教室里已经没有几个人。之前因为偷懒，我还有很多东西落在学校没有搬回家去，几本参考书、一些还没有来得及做的空白试卷、水杯、长长的耳机线、一盏充电式的小台灯。我慢慢地在桌兜里摸索着，把它们一一找出来。你就坐在我的前面，隔了一个走道，靠近墙壁的位置。你在给别人写纪念簿，下笔的每一个字都用好大的力气，一副认真的样子。午后的风刮进来，温热的，你没有理我，于是我觉得自己要变成支离破碎的人了。我早晨交给你的信，被你夹进字典里，没有拆开。

我是从什么时候决定要给你写一封信？大概是快要毕业前的半个月，我以为一切都来不及的时候吧。我在悲伤的时候，无所适从的时候，空荡了然的时候，喜悦的时候，总要想起你。这样的时候占据了我生活的大半，所以，也许我是常常想起你的，最近更甚，如果再不将你忘掉，恐怕会流下眼泪来。你呀，我现在坐在你的身后凝望你，悄然无声的，别以为我是想怎样，其实早就记熟了你的样子，再多这样的凝望，也只是让时间慢一些，让我获得更多凝望你的快乐。

给你写信这件事曾让我非常地烦恼。我没有写过情书，不知道要在什么位置写些令人心惊肉跳的句子，又要怎样才能词义完整，将自己向你和盘托出。因此，我踌躇了几天，写过三个开头，那些简单的字几乎就要背熟，最后却仍然都丢进了废纸篓。给你写信的时候，万籁俱寂，暗蓝色的天空上滚过铅灰色的浓云，没有星星，给你写信这件事便成为了我一个人的秘密，所以我是这样地坦然，我写："你怎么可以那么好呢，喜欢你的感觉怎么可以那么好呢，我此刻全部的情感都属于你了。"我被自己吓了一大跳，赶紧闭起眼睛，回忆你我的种种，到底有没有像这样好，可无从去想，他们变成我的一部分，我看不清自己，又怎么能够再看得清他们。这是青春期的日子，原先那些可以看清的东西，到此时却也都看不清了。我只想起一件小事，5月的时候，我们在教学楼宽阔的大厅里打羽毛球，柳絮被风扬进来，落在你的脚边，那时你真是美极了。

我写有一年冬天你陪我过生日。冬天不像从前那么冷了，雪落在马路上便化掉，你陪我慢慢地走，已经想不起来当时的话题，大抵都是些开心的事。有一段路，你不知不觉便挽起了我的胳膊，不再说话。我们穿过稍稍积雪的街道后，你也没有将我放开。现在想来，当时的自己何尝不是太懦弱了，要是当时说给你听就好了，说我喜欢你，便也就不会有接下来那些怅然的时光了。可事实是我没有勇气开口，你最终放开了我。我们在你家门前告别，什么也没有发生。还有一次，你也轻轻挽着我，我撑着伞，躲避着车子溅起的泥浆。你是小心翼翼地向我靠拢的，先拉着袖口，最后挽住了胳膊。你说，我怎会慌张地躲开，只是整个心都微微颤抖，继而变成一个傻里傻气的人了。之后我看王小波，被那些撩乱的句子感动个半死，那个家伙不是说："你不在我眼前时，我面前就好像是个雾沉沉、阴暗的海，而我知道你在前边的一个岛上，我就喊：'爱！爱呵！'好像听见了你的回答：'爱。'"我要如何才能听见你的回答呢？

爱。

有时候，我想到自己是个自卑的、没有安全感的人，就非常地沮丧。晚自习放学常常是我一个人走回家，空旷的马路，可以放心地走在路中间。路边的烧烤摊只拉开一半的灯，喝醉了酒的年轻男人站在树下小便。因为心中总是充满了对这个世界的哀怨，我的神情约莫是恍惚的。于是在这样悲伤的时候，我又想起你。我们相处了好些年，却从来都没有吵过架，你就像此刻柔软的夜晚，你只能是柔软的夜晚，人们要是明白夏天的夜晚有多么好，便可知道你有多好了。有次你拿去我的钥匙，偷偷在上面贴上我的名字的字母，钥匙到现在还没有用旧，贴纸却总是被我摸来摸去，而变得有些褪色了。我听你讲死去的小狗，看你难过得要命，便也说不出话来。我把看哭自己的电影传给你，你又要跟着我再哭一遍。我们就是这样地要好啊，在一起的时候那样开心，分开后也不觉得怅然若失。

把信交给你之后，不多天就高考了。考完朋友们聚在一起吃饭，你坐在那一群人里，我坐在这一群人里。快要吃完的时候就有人开始落泪，一时之间饭桌上便有了散场的意味。你缩在角落里，和朋友翻看着手中的相机。我们只有过两次合影，一张在我的相机里，一张在你那里。这时你的朋友突然喊我的名字，人声嘈杂，她一副乐坏了的样子，大概是在拿那张照片逗笑吧。后来大家嚷着要去唱歌，你唱完《宝贝》，又唱了《爱情》。你可真是险些要把我弄哭了。

所以，我完全不能描述出对你的喜欢。既然不能描述，那闭口不谈也是好的。可要想把它埋进更深更深的心底，竟然也无计可施。喜欢像是一个骗局，等到不喜欢了，骗局就被揭穿了。然而无论如何，此时此刻的我，是那样地喜欢着你啊。没有人来揭穿这个骗局，我就会一直这样傻下去。

我记起那个平常的晚自习。我们打完羽毛球，脸颊和手臂都汗津津的，你热气腾腾地冲进教室，回到座位上，拧开水杯喝水。那时的我坐立不安，看见你喝水的样子也要心动。你怎么可以那么好，我无法专心学习，只能继续看下去。喜欢的感觉如此强烈，我凝望了你一整个晚上，心底里生长出全新的感动。这就是你带给我的感动，无法给别人解释，解释之后就要变得稀薄。

假期里的日子我过得索然无味，待在家中一整天，看完许多本小说，晚上就出门去跑步，见到朋友，两个人便站在路灯下喝干两罐啤酒。我与他谈起你，竟也是伤心的语气。朋友责备我懦弱，既然已经这样，就要做出一些改变，或许能让彼此更快乐。可我那样深深地明白，要想让你更快乐，就不能做出任何改变。我也只能写一封信，告诉你我的心意，在我们一生中最晴朗的时候，从此便只需大步往前走。我在信里提起要买一把吉他，给你弹些好听的歌，不过想到往后的日子里没有勇气约你出来，也就作罢。有一个早上，你站在教室门口的走廊里晒太阳，你说："好无聊哦，想逃出去。"那时我就想到要和你做完一切有趣的事情，但有趣的事情哪可以做得完，我又哪可以给你那么多。

最近我在想，喜欢你的我是什么样子呢。

我在书中看到有这样一群人："胆小鬼们连幸福都害怕，碰到棉花都会受伤。有时也会被幸福所伤。"我担心自己成为这样的人，在喜欢你的时候，总以为一切未卜，便战战兢兢，充满了莫名的恐惧。毕业后天空总是明亮，朋友们常常去广场上骑双人自行车吹风，到了夜里喷泉就要升起，大伙儿便坐在石阶上，说些无关痛痒的话。那样凉爽的夜风和我们，在任何回忆里都是美的。不过有次你没有来。打去电话给你，你也只是耐心地解释，有事耽搁。后来想起自己真是太蠢了，早该料到的啊，你和男孩子在聚会快要结束的时候出现在大家面前。“胆小鬼们连幸福都害怕，碰到棉花都会受伤。有时也会被幸福所伤。”——所以这样的人才会“在自己还没受伤前，就此分道扬镳”吧，在世人的背后失落的胆小鬼，总是隐藏得那样好。我记得独身的旅途中，与河川并行的巴士经过焦黄的麦田，在隐约可以望见山头的时刻拐入隧道，我因此而不得不合起手边的书，突然接受前方那样沉默而纤细的黑暗，这便是彼时的失落，喜欢你的失落啊。可我简直是隐藏得太好了，时间久了它就变轻，说不定春天沙尘暴一来，刮一刮就没有了。喜欢你让我对这个世界更加地失望，但与此同时我又充满了释然，因为一切的一切，只要风刮一刮就会没有了呀。

曾经想为你写个小说，可整个少年时代的心事，我又如何才能写得完。好在你一旦让我拥有喜欢的能力，从此便再也不会丧失。这是你留给我唯一永恒的印记。

最爱你的人，是我

ZUI Book
CAST

主编　郭敬明

出品人／郭敬明
项目总监／痕痕
监　制／与其　刘霁
特约策划／卡卡　董鑫
特约编辑／孙宾　张明慧

装帧设计／ZUI Factor (zui@zuifactor.com)
封面设计／胡小西
封面插图／熊小熊
内文插画／舞小仙

出品／上海最世文化发展有限公司
官方网站／www.zuibook.com
平台支持／最小说 ZUI Factor

图书在版编目（CIP）数据

最爱你的人，是我 / 郭敬明主编 . — 长沙 ：湖南文艺出版社，2017.2
ISBN 978-7-5404-7683-0

Ⅰ . ①最… Ⅱ . ①郭… Ⅲ . ①短篇小说 — 小说集 — 中国 — 当代
②散文集 — 中国 — 当代 Ⅳ . ① I217.1

中国版本图书馆 CIP 数据核字（2016）第 155578 号

上架建议：青春丨畅销

ZUI AI NI DE REN，SHI WO

最爱你的人，是我

主　　编：郭敬明
出 版 人：曾赛丰
出 品 人：郭敬明
项目总监：痕　痕
责任编辑：薛　健　刘诗哲
监　　制：与　其　刘　霁
特约策划：卡　卡　董　鑫
特约编辑：孙　宾　张明慧
营销编辑：杨　帆　周怡文
装帧设计：ZUI Factor (zui@zuifactor.com)
封面设计：胡小西
版式设计：利　锐
封面插图：熊小熊
内文插画：舞小仙

出版发行：湖南文艺出版社
（长沙市雨花区东二环一段508 号　邮编：410014）
网　　址：www.hnwy.net
印　　刷：北京鹏润伟业印刷有限公司
经　　销：新华书店
开　　本：880mm × 1270mm　1/32
字　　数：153 千字
印　　张：8
版　　次：2017 年 2 月第 1 版
印　　次：2017 年 2 月第 1 次印刷
书　　号：ISBN 978-7-5404-7683-0
定　　价：32.80 元

质量监督电话：010-59096394
团购电话：010-59320018